译文经典

螺丝在拧紧
The Turn of the Screw
Henry James

〔美〕亨利·詹姆斯 著

黄昱宁 译

上海译文出版社

在这样一栋老宅中

目 录

引 子 …………………………………… 001

螺丝在拧紧 …………………………… 001

译余补记 ……………………………… 206

附录之一 《螺丝》猜想 ……………… 208

附录之二 "你们为什么不信鬼?" …… 225

引 子

那故事让我们围炉而坐的一干人全然屏住呼吸,惟有某人给了句了无新意的点评,说此事诚然可怖,但值此平安夜,在古宅内讲的奇闻异事亦本该如此,我记得当时别无他话,直到有人恰好发觉,一个孩子居然遭此天谴,这样的事是他此前闻所未闻的。这故事我且提一笔,话说也是那么一栋跟我们当时聚会之地相差无几的老宅,幽灵赫然出现在某个正与母亲一起在屋中安睡的小男孩眼前,其情其状殊为惊悚,直唬得这小哥赶忙把母亲唤醒;唤醒她并不是指望她驱散恐惧再哄他入睡,而是要赶在她这么做之前,先让这摄去他魂灵的一幕,也与她撞个满怀。正是那句感想引出了道格拉斯的反应——倒不是当场,而是迟至傍晚——如是便生出饶有意味的下文,从而引起了我的注意。当时另有某君讲了个波澜不惊的段子,我看出他听得心不在焉。我看这是个征兆,必是他自己有料可抛,我们只需等候便是。到头来我们等足两夜才见分晓;不过,当晚,在我们散去之前,他还是吐出了一番萦绕在心头的话。

"我非常同意——关于格里芬讲到的那个鬼魂,或者别的什么东西——正因为它首先在一个如此年幼的小男孩面前现形,这故事才多了某种特殊意味。不过,据我所知,像这样引人入胜、与某个孩子扯上关系的事件,这并不是头一起。设若一个孩子能将螺丝拧紧一圈,那么设若有**两个孩子**卷入其中,你们又将作何感想——?"

"我们当然会说,"有人嚷道,"有两个孩子,就等于把螺丝拧紧两圈!而且我们想听听来龙去脉。"

彼时道格拉斯在壁炉跟前的画面我至今历历在目,他之前已站起身背对着它,双手插在口袋里,低头看着说话的那位。"直到现在,除我之外,还没人听说过这件事。实在是骇人听闻哪。"这话自然又招来几个人的信誓旦旦,说但凡能一饱耳福,必不惜任何代价,而我们这位朋友兀自气定神闲,胜券在握,目光在我们其余人等身上扫了一圈,继续说道,"此事可谓无与伦比。据我所知,根本没有什么能与之稍稍匹敌。"

"就因为恐怖吗?"我记得当时这么问过他。

他好像说事情没那么简单;却委实不知该如何描摹才好。他伸出一只手遮住双眼,扮出一副战战兢兢的鬼脸。"因为可怕——可怕!"

"哦,真勾魂哪!"有位女士大声喊道。

他没注意她在喊什么;他看着我,不过,似乎也不是在看我,倒像是看到了他口中念叨的景象。"因为弥漫于其中的,是匪夷所思的丑恶、恐怖与痛楚。"

"好吧,那么,"我说,"就坐下来开讲吧。"

他转过身面对炉火,对着一根柴火踢上一脚,接着盯住它看了一会。然后他又扭过脸面对着我们:"我还不能讲。我得给城里寄封信。"这话一出口,四下顿时众口一词——不是抱怨便是责备;喧哗既罢,他兀自凝神,解释道:"这故事已落笔成文。藏在一只上锁的抽屉里——年深岁久,不见天日。我可以给下人写信,将钥匙附在信封里;如此,他一找到便能寄个包裹过来。"他这话似乎是特意说给我听的——近乎求援,求我帮他摆脱踌躇。他已经打破了那块历经无数个寒冬积成的坚冰;至于在此之前为何守口如瓶,应该自有其道理。虽然别人不满他拖泥带水,但也正是因为他疑虑重重,我才欲罢不能。我求他赶在明天第一班邮车之前写好,求他同意稿子一来就让我们先听为快;接着,我问他这故事是不是他的亲身经历。对此他立即答复。"哦,感谢上帝,并非如此!"

"那么记录是你做的吧?是你记下来的?"

"此事我只存留印象。我将它谨记于**此**"——他拍拍心口。"片刻不曾忘怀。"

"那你这份手稿——?"

"陈年墨色已渐渐消退,论书法倒是一笔好字。"他又卖起了关子。"是女人的笔迹。她已经去世二十年了。临终前她把这些手稿托付给了我。"此时人人都在听,少不得有人调侃,抑或好歹推断个结论出来。然而,即便他对那结论不屑一顾,因而脸上全无笑影,却也不露一丝怒意。"她是魅力十足,可毕竟比我年长十岁。她是舍妹的家庭教师,"他沉着地说,"就我平生所见,与同等身份之人相比,她是最和蔼宜人的一个;无论怎样褒奖她都不算过分。说起来这已是陈年往事,而那段故事则发生在更久以前。当时我正在三一学院①念书，第二学年暑假回家时见到了她。那年我在家待了好一阵子——真是一段美好时光；在她闲暇时，我们在花园里散散步，聊聊天——我发现她的谈吐机敏而可亲。嗯，没错；别笑：我很喜欢她，而且，直至今日，一想到她也喜欢我，我就乐在其中。但凡她对我没有好感，也不会把那件事告诉我了。她可从来没跟别人讲过。这话倒不是她自己说的，不过我知道她没有讲过。千真万确；我看得出来。等你们听完了，便能轻易判断个中缘由了。"

"就因为这件事骇人听闻？"

他还是盯住我。"你轻易便能判断的，"他重复道，"**你会的。**"

我也盯住他。"我懂了。她那时恋爱了。"

他第一次笑出来。"你**真是**一针见血。对，她是恋爱了。应该说，她恋爱过。此情有所流露——若是不流露她就没法把这故事讲出来。我看出来了，而且她也看出我看出来了；不过我们俩谁都没说破。斯时斯地我历历在目——草坪一角，高大的山毛榉树投下的浓荫，漫长炎热的夏日午后。

---

① 指剑桥大学的三一学院。

女教师

那本不该是教人颤抖的场景啊;可是,哦——!"他弃壁炉而去,猛然坐回到自己的椅子上。

"周四上午你能收到邮包吗?"我说。

"没准要等到第二班邮车。"

"那好吧,就约在晚餐后——"

"你们都会来这里跟我碰面吗?"他朝我们扫视了一圈。"没有人要走吗?"那近乎是希望的口气了。

"人人都会住下来的!"

"我要留下来——我也要!"那几位本来定下要走的女士纷纷嚷道。不过,格里芬太太表示希望能多知道一点儿内情。"她爱上谁了呢?"

"故事里会讲到的,"我自告奋勇地回答她。

"哦,我都等不及想听那故事啦!"

"故事里**不会**提这个,"道格拉斯说;"不会用任何直截了当、有失文雅的方式讲出来。"

"那就更遗憾了。只有那样讲我才听得懂。"

"你不打算讲吗,道格拉斯?"还有人在问。

他猛地站起身。"会讲——明天。现在我得去睡觉。晚安。"接着,他飞快地抓起一支蜡烛,径自离开,抛下略感狐疑的我们。在宽敞的棕褐色大厅的这一头，我们听着他的脚步声拾级而上；此时格里芬太太开口了。"好吧，即便我不知道她爱上了谁，可我至少明白**他**爱上了谁。"

"她可比他大十岁呢，"她丈夫说，

"那理由就更充分啦①——在那种年纪！不过这倒也不错，他能保密这么久。"

"四十年！"格里芬插了句嘴。

"末了还是忍不住。"

"这样一来，"我回了一句，"周四晚上的这桩盛事才会激动人心嘛；"大家都同意我的说法，觉得既然如此，那我们对其余的一切都不必在意了。刚才的那则故事哪怕再不完整——最多就是连载小说的开场白罢了，也终究是讲过了；我们互相握手，然后照某君的说法"吹灯拔蜡"，便各自就寝。

翌日，我得知一封装着钥匙的信随着第一班邮车抵达了他在伦敦的寓所；不过，尽管——也许恰恰是因为——这消息到后来传得沸沸扬扬，所以我们都不怎么去惊动他，直挨

---

① 原文为法语。

到吃过晚餐，挨到入夜后的那个时辰——说实话，也许这个时辰与我们心向往之的那种情绪，最是相得益彰。接着，他变得格外健谈——我们所期盼的程度亦莫过于此，而且，对于何以如此，他确实给出了最好的理由。围在大厅的壁炉前，我们再度被他撩拨得一惊一乍，这情形与昨晚一模一样。为了让那个他答应要读给我们听的故事得到正确的理解，看来有必要事先交代几句。我且在此处一次说清，后文免赘。以下我将要讲述的故事，都来自我本人很久以后忠实抄录的副本。可怜的道格拉斯，临终时——彼时死神已出现在他眼前——将手稿托付于我，这便是那年圣诞后第三天寄过来的那份，到了第四个晚上，就在同一个地点，当着我们这一小拨鸦雀无声的听众，他开始朗读，感染力惊人。那些曾经口口声声要留下的女士当然都没留下，感谢上帝：毕竟此前早有安排，所以她们纷纷离去，临走时还表示自己的好奇心简直势不可挡——这全是因为他施展了种种手段，将我们的胃口一层层吊高。然而，这样反而使得坚持到最后的那一小拨听众更紧凑更齐整，使得围炉而坐的人们一律笼罩在毛骨悚然的气氛中。

说到他的种种手段，其中第一招便是提醒我们，在某种程度上，早在手稿开始叙述的时间点之前，这个故事就已经开始了。有鉴于此，需要了解的事实是：他那位老朋友是一名乡下穷牧师膝下的几个女儿里最小的一位，彼时年方二十，初次谋求教职，先是根据一则广告与东家略通了几封信，然后战战兢兢地跑到伦敦去应聘。话说那日，她来到哈雷街面试，在她眼里，那栋宅子既轩敞又堂皇——而那位未来的主人显然是位富贵闲人，正值盛年且独守单身，对一个出身于汉普郡教区牧师家庭的心如鹿撞、坐立不安的姑娘而言，若非梦里相逢，抑或于陈年小说中邂逅，这般人物是向来无缘谋面的。对于他这样的人，任谁都会过目难忘；好在，这种类型也从未绝迹。他既英俊又洒脱，教人如沐春风，行事不拘小节，性情达观和蔼。如是，她难免要为他的风度和英姿着迷，但最让她魂牵梦萦，也为她以后的行为平添勇气的，是他当着她的面把整件事都说成是她施与的恩惠，他应当感激才是。她看得出，他虽然很富有，出手却挥金如土——在她眼里，他整个人都笼罩在光环里，折射着上流时尚、英俊相貌以及豪掷千金的习气和取悦女人的花招。他眼下住着一栋大宅子，堆满了旅行纪念品和围猎战利品；可他希望她火速赶去的地方却是他那位于埃塞克斯郡的乡下祖屋。

两年前,他那个在军队里服役的弟弟与弟媳在印度双双离世,把一对儿女——他的小侄子和小侄女——留给他收养。像他这样的男人——既缺乏对路的经验、也没有一丁点耐心的单身汉——陡然面临如此离奇至极的局面,这两个孩子自然就成了压在他身上的重负。这一切都让他忧心忡忡,而且,就他个人而言,也确实有过一连串闪失,可他对可怜的小家伙深为同情,为之竭尽了全力;他还特意把他们送到自己的另一处住所——因为最适合孩子居住的地方当然是乡下——从一开始便尽力找到最能干的仆人来照看他们,甚至不惜打发自己的贴身仆人去侍奉,而且但凡有时间,他就亲自去察看他们是否得力。棘手之处在于,两个孩子除此之外再无亲眷,而他所有的时间都忙于自己的诸项事务。他将孩子安置在既利于健康、又安全可靠的布莱庄园,还在这小小的架构中任命了一位出色的女士——格罗斯太太当家主事,不过她只管那些楼下的女仆,他相信他的客人会喜欢这位曾替他母亲帮过佣的女人。眼下她不仅是庄园的管家,还暂时充当那小女孩的监护人,所幸,格罗斯太太膝下并无子女,所以对她百般宠爱。庄园里有一大班人帮佣,不过,毫无疑问,这位将要奔赴庄园担任家庭教师的年轻女士将会享有至高权威。每逢假期,她还得照看那个小男孩,如今他已经在学校里待满一个学期了——虽说他如此年幼还不该去上学,可他哪还有别的办法?——而且眼下假期将至,用不了一两天,他就会回来。这两个孩子早先曾有过一位年轻女教师,可惜到头来又失去了她。她将照看他们的工作完成得很出色——她真是个值得钦敬的人——直到去世,如此重大的困局确实让小迈尔斯别无选择,于是他只能被送去上学。从此以后,格罗斯太太全力照管弗洛拉,无论是在教导礼仪还是其他的方方面面,都殚精竭虑;除此之外,庄园里还有一个厨子、一个挤奶女工、一匹老矮种马、一位老马夫和一名老园丁,他们无一例外,都是可敬之人。

说到这里,道格拉斯已经渐渐勾勒出故事的轮廓,此时有人插进一句疑问。"那么,那位前家庭女教师是怎么会死的呢?既然她如此值得钦敬?"

我们的朋友旋即作答。"这一点会水落石出的。我就不预告了。"

"抱歉——我倒觉得你恰恰**就在**预告。"

"设若我是她的继任者,"我提出,"我会很想知道是不是这份工作导致……"

"导致无从躲避的生命危险?"道格拉斯一语道破了我的念头。"她确实想知道,而且她也确实知道了。你们明天就会听到她究竟知道了什么。当然,与此同时,她也觉得前路略显阴森。她还年轻,没什么经验,提心吊胆:要直面如此责任重大、几乎无依无伴且委实孤单的工作,难免踌躇——她花了好几天,或是咨询旁人,或是独自盘算。不过,东家许下的丰厚薪资远远高于她那点卑微的要求,于是,再度面试时她毅然点头,签约受雇。"说到这里,道格拉斯暂停片刻,为了诸位听众着想,我不由插了一句:

"这故事告诉我们,毫无疑问,她被那光彩照人的青年男子迷倒了。于是她言听计从。"

一如昨夜,他站起身,走到壁炉边,冲着一根柴火踹上一脚,继而背对着我们站了一会儿。"她只见过他两回。"

"是啊,可那正是她满怀激情的动人之处啊。"

让我略感惊讶的是,一听到这话,道格拉斯便转过身面对着我。"那**确乎**是她满怀激情的动人之处。毕竟还有别人,"他接着说,"她们可没有言听计从。他将自己所有的难处向她和盘托出——说先前颇有几位应征者望而却步。只因为她们害怕。这营生听来乏味——听来古怪；尤其是他那项最重要的条件更让问题变本加厉。"

"这条件是——？"

"她永远不能烦扰他——永生，永世；无论出什么事，都不可求助，不能抱怨，也不准写信；所有问题她都必须独自面对，一切费用都通过他的律师支取，大小事务她都得一力承担，好让他全无挂碍。她一一应承，后来她跟我提到，当时有那么一会儿，他如释重负、欢天喜地，握住她的手感谢她的自我牺牲，这样一来，她已然感觉得到了回报。"

"可是，难道她就只得到这点回报吗？"有位女士问道。

"从此以后她再没见过他。"

"哦！"那女士说；鉴于我们的朋友随即再度离我们而去，这声"哦！"便成了当晚仅剩的又一个至关重要的、由这个话题引发的词儿，直到次日夜晚，于壁炉一角，他坐在最舒适的椅子上，打开一本薄薄的镶着金边的老式笔记簿的褪色红封皮。讲完整个故事其实耗去远不止一晚的光阴，然而，就在第一晚，又是那位女士提出了另一个问题。"你的标题是什么？"

"我没有标题。"

"哦,我倒有一个!"我说。然而,道格拉斯没留意到我,他已经开始朗读,语调动听而清晰,仿佛将作者提笔手书的优美声响,径直传到听者的耳畔。

第一章

我记得整个开头是一连串高低起落,是一副小小的跷跷板,一颗心在对错之间阵阵悸动,忽上忽下。不管怎么说,自从在城里挺身而出、应承了他的要求之后,我有好几天都过得很糟糕——只觉得我所有的疑虑又如毛发般竖立起来,我确信自己犯了个错。神思恍惚间,晃晃悠悠的马车载着我一路颠簸许久才抵达驿站,去跟宅子里派来接我的车会合。有人跟我说过,这份便利是事先就安排好的,于是,在那个六月的向晚时分,我见到一辆宽敞而舒适的轻便马车在那里等我。在那样惬意的日子,那样的时辰,坐车穿行于乡间,夏日的甜蜜气息仿佛在欢迎我,我的顽强意志渐渐复苏,等到我们的车拐上林荫道时更是意气风发——不过这也许只能证明之前的心情确实曾坠入低谷罢了。我猜,正因为我本来以为,或者说本来担心会遭遇的局面是那样阴郁无聊,所以到头来眼前出现的景象才给了我莫大的惊喜。我记得第一印象真是赏心悦目：宅邸宽敞明净的正面，敞开的窗户，明丽的窗帘以及那两个正在向外张望的仆人；我记得草坪，鲜亮的花朵，记得我那辆车的轮子嘎吱嘎吱地碾过铺着砂石的路，记得茂密的树冠之上，秃鼻乌鸦在金色天空中一边盘旋，一边呱呱直叫。这一幕的宏大壮美，与我自己那个乏善可陈的家迥然不同，倏忽间，门口冒出一个彬彬有礼之人，手上还牵着一个小姑娘，她俯身向我行屈膝礼，那副恭敬的架势，仿佛我不是女主人，便是一名贵客似的。在哈雷街时我曾对此地抱有更为偏狭的概念，如今回想起来，这倒更让我觉得主人真是一位绅士，看来我将享有的一切，会比他许诺的更多。

那天我的情绪再没低落下去，因为此后接连几个小时，我都因为结识了两个学生里更年幼的那位而沉浸在洋洋自得的愉悦中。在我眼里，这个依偎在格罗斯太太身边的小姑娘实在是个太讨喜的妙人儿，以至于你会不禁认定，但凡能跟她扯上关系就好比发了一大笔财。她是我平生所见过的最漂亮的孩子，后来我还有些纳闷，为什么关于这一点，我的东家没跟我多提。当晚我几乎一夜无眠——我太兴奋了；这感觉也让我惊诧莫名，如今回想起来，它一直就在我心头萦回不去，让我愈发感念此地待我是何等慷慨仁厚。这个宽敞的、叫人过目难忘的屋子是整幢宅子里最好的房间之一，那至今想来仍觉触手可及的华美的大床，还有绣着花纹的百褶帷幔，让我第一次从头照到脚的落地镜，这一切都震撼着我——正如那个将由我照看的小家伙一样具有非凡的魅力——竟会有那么多物事景象都是未曾料想到的。同样让我意外的是，从一开始，我和格罗斯太太就相处得颇为融洽，先前我坐在马车上一路过来时真是白白担心了一场。说实话，这番最初的照面中，惟有一个表情可能会让我再度退缩——一看到我她便禁不住开心得过了头。不到半小时我便能觉察出她心花怒放——这个壮实且率真，利落而干净，身心皆康健的女人——显然非得努力掩饰才不至于尽情流露。当时我甚至有些纳闷，不知她为何不愿尽情流露，若是对这一幕细细回味、略略猜疑，我必然会为此而心神不宁。

然而，教人心生慰藉的是，这番心神不宁，不可能与我那小姑娘光彩照人的模样——似这般幸福祥和的景象——扯上丝毫瓜葛，或许正是她那宛若天使的美貌，才最让我躁动不安——以至于未及凌晨便屡屡起身，在屋里踱来踱去，既盘算全局，又瞻望未来；透过敞开的窗户看夏日的熹微晨光，极目眺望整幢宅邸其余部分的景致，同时侧耳聆听——彼时鸟儿正在愈来愈淡的夜色中初试啼声——如真似幻中，我仿佛听见一两个可能同时发出的声响，不像鸟鸣般自然，而且并非外来，倒像是源自内部。曾有片刻工夫，我相信我分辨出远远传来孩子微弱的哭声；还有一刹那，我发觉自己被门口走廊里经过的一个轻轻的脚步声吓了一跳。然而，这些幻觉终究不那么显山露水，不至于让我念念不忘；毋宁说，惟有借着其他以及后续种种事端所投下的或明或暗的光影，它们才在我记忆中重新浮现。显然，看护、教导乃至"塑造"小弗洛拉也将让我的日子过得既快乐又充实。我们先前已经在楼下商定，首次会面之后，晚上当然该由我来照料她，因此她那张白色小床已经整饬停当，摆进了我的房间。我已经承担起了所有看护她的责任，而她之所以还得跟着格罗斯太太再睡这最后一晚，只是因为考虑到我终究初来乍到，而她又生来羞怯。尽管她那么羞怯——这孩子以天下最古怪的方式坦率而勇敢地将这种羞怯流露无遗，不着一丝忸怩不安的痕迹，其沉着恬静一如拉斐尔笔下的圣婴，随我们议论，任我们归咎，从而令我们决断——可我还是坚信，

屡屡起身,在屋里踱来踱去

她很快就会喜欢上我。在点着四支长蜡烛的晚餐桌边,我的学生戴着围嘴坐在一张高椅上,漂漂亮亮地与我相对而坐,那些蜡烛之间堆着面包和牛奶,这一幕令我赏心悦目、惊叹不已,而我也能看出格罗斯太太对此感同身受,这正是我已经喜欢上格罗斯太太的原因之一。自然,当着弗洛拉的面,我们之间只能传递几个惊叹而满足的眼神,交换几句暧昧而迂回的暗示罢了。

"那个小男孩——他长得像她吗?他也是这样出色吗?"

我们俩先前已经讨论过,对孩子不能极尽褒扬之词。"哦,小姐,很出色。如果你对眼前这位就满意的话!"——她站在那里,手里端着一只盘子,冲着我们那个小伙伴微笑,后者用她那双宁静圣洁的眼睛看看她又看看我,目光里并不含一丝要质询我们的意思。

"是;如果我确实——"

"那么那位小绅士会让你神魂颠倒的!"

"哦,我想,我来就是这个目的——神魂颠倒。不过,恐怕,"我记得当时情不自禁地加了一句,"我这人动辄就会神魂颠倒。我在伦敦时就已经神魂颠倒了!"

格罗斯太太听见此话时那张宽阔的脸庞至今仍历历在目。

"哈雷街?"

"哈雷街。"

"哦,小姐,你不是第一个——你也不会是最后一个。"

"哦,我可没有自命惟一,"我居然还能笑出来。"不管怎么说,我另一个学生,我想他明天就要回来了?"

"不是明天——礼拜五,小姐。跟你一样,他会先坐公共马车,有人护送,然后同样由那辆车去接来。"

我随即问道,如此说来,设若那公共马车一到,我便和他妹妹一起去迎候他,是不是显得既得体又友善,还让人心生愉悦?格罗斯太太对这项提议的响应是如此热烈,以至于我不由将她的态度视为某种让人欣慰的承诺——全无半点虚情假意,真是谢天谢地!——保证我们俩将会在任何问题上不谋而合。哦,我能到这里来,她有多高兴啊!

我想,我在次日的感受,与那种经历过初来乍到的兴奋之后骤然回落的情绪,绝不是一回事;也许充其量不过是一丁点压抑,那是因为我在崭新的环境里四处走动,凝神注视,用心憬悟,从而对整体规模有了更详尽的了解。看起来,此地的范围之广、体量之大,都超出我的预想,面对着它,我发觉自己心里同时冒出些许恐惧与几分自豪来,程度不相上下。既然心绪如此不宁,正规的课程当然要受点影响;我思忖,当下的首要职责,是尽力通过最温柔可人的手段来让这孩子跟我熟络起来。一整天我都跟她待在户外;我设法让她意识到,理该是她,也惟有她,才配带着我四处巡游,这一点让她心满意足。她领着我迈出一步又一步,穿过一间又一间,数出一个又一个秘密,嘴里还念着怪兮兮、乐滋滋的童言稚语,半小时之后,我们终于成了亲密无间的好朋友。虽然年纪那么小,可她在我们这一段短短的旅程中始终自信而勇敢,引领着我被沿途景物深深打动:空旷的房间,昏暗的走廊,弯弯曲曲的、令我只能且走且停的楼梯,即便是攀上一座古老的有垛口的方塔顶——那里让我头晕目眩——她口中吟唱的晨曲,以及她那种哪怕我未曾发问亦会侃侃而谈的气质,始终铿锵作响,引领我继续前进。自离别之后,我再也没去过布莱庄园,而且我敢说,以我如今更老于世故的目光打量,那里已经远不如当年那般威严壮观。然而,当我那金发蓝裙的小向导在我前面一路舞蹈着转过一个个角落、双脚啪嗒啪嗒地走过一条条过道时,我的眼前分明是一座住着玫瑰色精灵的浪漫城堡,这样的地方难免会在年轻人的想象中变形,从故事书和童话里汲取种种斑斓色彩。这难道不就是一本让我堕入小睡或酣梦的故事书吗?非也:那是一座硕大、丑陋、古老却又便利的宅子,具有某些更为古老的建筑的特征,它一半闲置,一半运转,置身于其中,我幻想着自己几乎像是坐在一艘漂流不定的大船上的一小拨乘客一样茫然无措。好吧,我竟然莫名其妙地掌着舵!

第二章

对上述这一点,直到两天以后,当我带着弗洛拉坐车去接格罗斯太太所说的"小绅士"时,才算充分领会;尤其是因为第二天夜晚①出了一件让我大惊失色的事,我便领会得更为透彻。总体而言,第一天——正如我所言——还算教人宽慰,但我终将看到事情出现急转直下的征兆。那天晚上②,那个姗姗来迟的邮包里有一封东家亲手写给我的信,可是,我发现信上只有寥寥数语,却又附了另一封他自己收到的信,尚未启封。"这封信,我认出来,是校长写的,而校长是个可怕的讨厌鬼。读一读吧,恳请您;跟他打个交道;不过,提醒您别向我汇报。一个字也别说。与我无关!"我用足气力想打开封印——实在太费劲,耗去我好长一段时间;末了只好拿着没打开的信走进自己的房间,直到上床睡觉之前才攻下它。其实我真该留到早上再看信的,因为这一看就又让我一夜无眠。第二天又没人可以商量，弄得我好不沮丧；到头来，我实在被这心事压得喘不过气来。于是下定决心，至少要对格罗斯太太直言相告。

"那是什么意思？这孩子被学校开除了？"

她看了我一眼，我当时就察觉到了；接着，看得出她刹那间一片茫然，似乎想把刚才的目光收回去，"可他们难道不是向来——"

"把他给送回家来——这没错。可那只是在放假的时候。迈尔斯可能再也回不去了。"

明明白白地，在我的注视下，她脸红了。"他们不肯要他了？"

"他们断然拒绝。"

她刚好把目光从我身上移开，听到这话，又抬起眼睛来；我看见那里盈满泪水。"他干了什么？"

---

① 这里的 the second evening，指的是"我"到布莱庄园的第二天晚上，发生在去接迈尔斯之前。而后文中的"那天晚上"也指这一晚。在这部小说中，詹姆斯对于时态的运用纤毫入微、颇为诡异，在时间点的设置上刻意颠倒往复，正叙倒叙插叙形成互相镶嵌拼贴的效果，时常给读者以迷乱恍惚之感，甚至故意让人产生误解，以此加强叙述的不确定性。
② 如上条注脚所言，这里的"那天晚上"（that evening）也是个小小的叙事迷魂阵，仍然指"我"到布莱庄园的第二天晚上，而不是紧接前句指第一个晚上。

我思忖了一会儿；然后认定，最好还是直接把我那封信拿给她看——不料这个动作反而弄得她背起双手，不肯接信。她忧郁地摇摇头。"这事我可应付不了，小姐。"

我的顾问居然不识字！一见有此闪失，我赶忙缩回手，尽量让动作不那么显眼，然后再度打开信，复述给她听；接着，我百般踌躇，又把信折好，放回自己口袋。"事情确实很糟糕吧？"

她眼里仍然噙满泪水。"那些先生们是这么讲的？"

"他们没说什么细节。他们只是表示遗憾，说不可能再收留他了。那只可能意味着一件事。"格罗斯太太听得呆若木鸡；她忍住没问这可能意味着什么；于是，为了把这件事理清头绪——惟有她的在场才对我的思维有所帮助，我继续说："意味着他是一匹害群之马。"

听到这话，她以某种淳朴百姓特有的一惊一乍的架势，突然发起火来。"迈尔斯少爷！——他是一匹害群之马？"

她话音里透出的坚定信念如潮水般汹涌，尽管当时我还没见过那孩子，却单单因为恐惧，便被这说法之荒唐激得跳将起来。不由自主地，为了讨好我的朋友，我当场就冒出了嘲讽之词。"害了他那些年幼无知的同学嘛！"

"太可怕了,"格罗斯太太嚷道,"居然说出这样的话来!天啊,他还不满十岁呢。"

"就是,就是,这事儿难以置信。"

她显然对我这番表态颇为感激。"看看他,小姐,先看看。再去相信那话不迟!"我心里顿时涌起新的渴望,恨不得马上见到他;某种好奇心就此萌生,此后便不断加深,几乎成了痛苦。我看得出,格罗斯太太已经察觉到她对我产生了怎样的影响,于是信心十足地乘胜追击:"你干脆相信小姐也会出这种事吧。上帝保佑她,"她随即加上一句——"看看她!"

我转过身,看见弗洛拉,十分钟之前我用一张白纸、一支铅笔和一本写满浑圆的 O 字母的漂亮字帖把她安置在了教室里,而眼下她赫然出现在敞开的门前。她以她那微不足道的方式,表示对讨厌的作业异乎寻常地漠不关心,然而,她看着我,眼神里蕴含着某种动人而稚嫩的光芒,似乎她这样仅仅是因为她喜欢我这个人,所以非得跟着我似的。这一幕便足以让我感受到格罗斯太太刚才那番类比中凝聚的所有力量,于是我一把将我的学生揽入怀中,用亲吻淹没她,间或夹杂着几声内疚的抽泣。

当天剩下的时间里,我还是在找机会接近我那位同事,尤其在向晚时分,因为从那时开始,我怀疑她在故意躲着我。我记得,我在楼梯上追到了她;我们一起下楼,走到底层时我截住了她,我的一只手搭在了她的胳膊上。"我想你在正午跟我说的话是在宣告你根本不知道他有劣迹。"

她猛一回头;这回她显然确凿地表了态。"哦,根本不知道他——我可没装这份蒜。"

我的心又乱了。"那么你已经知道他——?"

"千真万确,小姐,感谢上帝!"

我思忖了一番,接受了这说法。"你是说,这个男孩根本就不是——?"

"在我看来他不是什么小男孩!"

我把她抓得更紧了。"你喜欢男孩骨子里带点调皮吧?"接着,踩着她回答的节奏,我急切地应和道:"我也喜欢!可是得有个限度,不能荼毒——"

"荼毒?"我这个深奥的词儿让她好生茫然。

我解释了一下。"就是带坏。"

她瞪大眼睛,吃透我所有的意思;到头来却发出一阵古怪的笑声。"你害怕他会带坏你?"她提出这个问题时带着如此奇妙而放肆的幽默感，以至于我也发出了一阵与她差堪比拟、无疑略显傻气的笑声，这样一来，我便暂时抛开烦恼，光顾着咀嚼其中的荒诞意味了。

不过，第二天，随着坐车去接人的时辰越来越近，我又换了个角度突然袭击。"那位以前待在这里的小姐是个什么样的人？"

"前任家庭教师？她也是年轻漂亮——甚至几乎和你，小姐，和你一样年轻漂亮。"

"哦，那么我希望她的年轻漂亮对她有点好处！"我记得当时随口说道，"他看起来喜欢我们年轻漂亮。"

"哦，他确实如此，"格罗斯太太附和道，"他巴不得人人都这样！"其实，这话刚一出口，她就赶快打住。"我是说这就是他的脾气——东家的脾气。"

我心里一动。"可你起先指的是谁呢？"

她看起来颇为茫然，脸却红了。"咳，说他呗。"

"说东家？"

"还能说谁？"

显然没有别人，于是我很快就忘了她刚才无意中说走了嘴，只管追问我想知道的事情。"她有没有在这男孩身上发现什么问题?"

"不对头的地方吗?她从来没跟我说过。"

我有些踌躇,可还是克服了。"她为人谨慎——严格吗?"

格罗斯太太似乎想尽量说真心话。"在有些事情上是这样。"

"但不是所有的事情?"

她又斟酌了一会儿。"呃,小姐——她去世了。我可不会讲人家的闲话。"

"我很理解你的感受,"我赶忙回答;要追问下去就得做出让步,不过,我思忖片刻便想到了不违背这个条件的办法:"她是死在这里的吗?"

"不是——她走了。"

我不知道在格罗斯太太如此简明扼要的说法中,到底是什么让我觉得暧昧不明。"走了以后才死的?"格罗斯太太直愣愣望向窗外,但我觉得——假设而已——我有权知道,在布莱庄园供职的年轻人碰上这样的情形该怎么做。"你的意思是,她病倒了,然后就回家了?"

"她并没有病倒在宅子里,至少看起来没有。那年年底,她离开是为了回家,按她的说法是度个短假,就凭她在此地耗去那么多光阴,她当然有这个权利。那时我们有位年轻姑娘——当保姆的,一直待在这里,是个聪明的好姑娘;在这段时间里就由她来照看两个孩子。可是我们那位年轻小姐再也没回来,就在我期待她回来的时候,我听东家说她死了。"

这话在我心里上下翻腾。"但是为什么呢?"

"他根本就没告诉我!不过,不好意思,小姐,"格罗斯太太说,"我非得去干自己的活啦。"

格罗斯太太暂时充当那小女孩的监护人

第三章

幸好我之前便抱有公正的成见,所以她这样当着我的面转身而去,算不上是一种怠慢,不会阻碍我们的互相尊重与时俱增。在我把小迈尔斯接回家之后,比起先前,我们见面时倒显得愈发亲密了,那是因为我很震惊,大体上流露出这样的情绪:我真是太荒唐了,居然差一点就宣告,这样一个此刻活生生出现在我眼前的孩子,是被强行开除的。他抵达时我略微迟到,他已经下了马车,正愁眉苦脸地站在邦家小客栈门口,向外张望着等我,我觉得,第一眼我便看见他里里外外都浸淫在清新美妙的气息中,那是同样纯净而真切的芬芳,一如我初次见到他的小妹妹。他俊俏得不可思议,这一点格罗斯太太说得没错:当着他的面,一切都烟消云散,只留下对他的脉脉温情。斯时斯地,激起我对他拳拳爱意的,是某种圣洁的特质,我从没发现别的孩子能如此超凡脱俗——他有种难以形容的纤毫入微的气质，仿佛除了爱以外，他对天下万物都懵然无知。天下再也不可能有哪个背负恶名之人浑身散发出更甜蜜更纯真的气息了，因为当我领着他回到布莱时，只有困惑在我心中萦回不去——如果说还不至于火冒三丈的话——不明白那封可怕的、锁在我房间某个抽屉里的信，到底是什么意思。等到我一有机会跟格罗斯太太私下说话，我就向她宣称，这事儿真够荒唐的。

她一下子就领悟了我的意思。"你是说那道残忍的指控——？"

"这话一分钟也不成立。我亲爱的，你瞧瞧他！"

她朝我微笑，因为我居然认为是自己发现了他的魅力。"我向你保证，小姐，我除了盯着他根本干不了别的事！那么你准备怎么说呢？"她随即加上一句。

"是说怎么回应那封信吗？"我已经拿定了主意。"半个字也不说。"

"对他的伯父呢？"

我当机立断。"半个字也不说。"

"那对这孩子本人呢？"

我的表现好极了。"半个字也不说。"

她用围裙好好擦了一把嘴。"那我就支持你。我们坚持到底。"

"我们坚持到底！"我热烈响应，把手伸给她，算是起个誓。

她牵住我的手握了一会，然后她那只空着的手又撩起围裙。"不知您是否介意，假如我放肆一下——"

"亲我吗？不介意！"我将这好人儿揽入怀中，当我们像姐妹一样拥抱在一起时，我觉得自己的意志愈发坚定，对那件事也愈发愤愤不平。

无论如何，这段时间就是这样：那么充实完满，以至于当我现在回忆起那时的情形来，就知道如今但凡想解释得稍稍清楚些，就得费尽心力。我惊讶地回想起那时我居然接受了现状。我居然与我的伙伴一起担下坚持到底的重任，我显然是被什么魔法给摄住了魂魄，它能将这种努力的艰辛程度、将其中深远曲折的前因后果一扫而光。我被一阵半是迷恋半是怜惜的巨浪卷到了空中。我觉得这事儿很简单，出于我的无知、糊涂，没准还有自负，我以为自己能够对付一个刚刚开始接受教育的男孩子。如今我甚至已经记不起我为他正值假期尾声和此后重拾学业制定了怎样的计划。在那个迷人的夏天，他确实跟着我上课，我们都认定他理该如此；可是，如今看来，在那几周时间里，毋宁说上课的人是我自己。我学到了一点东西——当然是在起初——我在以往狭小而压抑的人生中都没有得到过这些教益；我学会被别人逗乐，甚至逗乐别人，还学会不去操心明天会怎样。在某种意义上，平生第一次，我理解了空间、空气和自由的意义，领略了夏天所有的音乐和大自然的所有奥秘。此外还有重重思虑——而思虑是那么甜蜜。哦，对于我的想象力，对于我的脆弱敏感——也许还有虚荣心，对于我身上的某种动不动就会激动起来的东西而言，那是个陷阱——并非苦心设计，却深不见底。对于此种情状，最好的描述莫过于：我卸下了防备。他们几乎没有给我惹过一丁点麻烦——他们是那么温文有礼。我曾经猜测——不过这也只是模模糊糊、有一搭没一搭的思绪罢了——充满坎坷的未来岁月（未来总是坎坷不平的！）将会怎么摆布他们，可能会给他们带来怎样的伤害。他们现在固然浑身充溢着健康和幸福；然而，我就好像担负着教养一对小贵族、一对血统纯正的王子公主的任务，为了走正路，就必须凡事都坚壁清野、按部就班、有条不紊，在我的想象中，多年以后，惟一适合他们的环境便是浪漫的、真正具有皇家风范的、将花园和猎场扩展延伸之后的世界。当然，可能最重要的原因是后来突然爆发的事件，反而为之前的时光赋予了某种静谧的魅力——在那样的寂静中，总有什么东西在积聚，在蜷伏。所谓变化，其实正像是一头野兽的遽然跃出。

起初几周，日子过得格外悠长；悠长的最大妙处，便是令我常常享有我所谓的"自娱时光"——当我的两个学生匆匆吃完茶点、上床睡觉之后，离我最终上床安歇还有那么一小段时间可以独处。虽然我很喜欢我的同伴，但对于每天的这段时光，我还是格外珍惜①；而其中最最让我钟情的时刻，乃是天光渐褪——毋宁说，白日恋恋不去，绯红的天空中回荡着从老树上传来的最后几声鸟鸣——我只消转个弯，便能拐进园子里，几乎怀着某种"惟我独有"的快乐与自豪，我将此地的美丽与尊贵细细赏玩。每每此时我便好生快慰，一则觉得自己是那么心安理得；二则，当然，我也会想到，凭着我的谨言慎行、睿智淡定和一贯得体的作风，我也

---

① 由于纬度和特殊的地理环境，欧洲中北部的夏天普遍天黑得很晚，英国就是典型，通常都要到九点以后天才会彻底黑下去，所以后文中说到孩子上床睡觉之后，"我"还能看到白日余晖。

螺丝在拧紧　023

把快乐带给了——但愿他能想到这一点！——那个对我施加压力、令我甘心就范的人。我正在做的事，正是他曾热切期盼过并且直截了当地向我提出过要求的，而想到我终究能够做到这一点，我心头涌起的快感甚至远远超过了自己的预料。简而言之，我满心幻想着自己成了一个不同凡响的女人，而且坚信人们会渐渐看清这一点，一想到这里我便欣慰不已。我必须不同凡响，这样一来，那些如今刚刚露出萌芽的不同凡响的事件一旦发生，我就能临危不惧了。

某天下午，恰好在我那段"自娱时光"里，事情突然冒出来：当时孩子们上了床，我便出门散步。如今想来，我已经一丁点也不怕提起，当时在诸如此类的信步闲游中，我会冒出这样的念头：设若倏忽间邂逅某君，倒也正如一则迷人的故事一般迷人啊。某君或在小径拐角处现身，迎面而立，微笑赞许。我所求无多——我只求他心领神会；而惟一能说明他确实心领神会的，是让我窥见他英俊的脸庞上闪动温存仁厚的光彩。我还真的看到过——我说的是那张脸——第一次是在六月一个漫长的白天将近尾声时，我刚走出一片人工林，宅院便赫然在目。我之所以当场就入了神——以前无论看到怎样的画面，我震惊的程度都远远不能与这回匹敌——乃是因为感觉到,只消刹那工夫,我的想象就成了真。他真的站在那里!——可他高高在上,就在比草坪更远处,那座小弗洛拉第一天上午便带我去看过的塔楼顶端。共有两座塔,这是其中之一——两者皆为方形,却并不对称,都带着堞口——出于某种原因,它们有新旧之分,尽管我横竖看不出什么区别来。它们矗立于宅邸两侧,也许从建筑角度看荒诞不经,但是,一则它们彼此间还算搭调,二则并非高得装腔作势,再加上它们都洋溢着略嫌俗丽的古意,建造年代亦可追溯至某段浪漫主义的复兴时期——如今那已经成了可敬的往昔,因而确实在一定程度上有所弥补。我对它们既啧啧赞叹,又不无遐想,因为,在某种程度上,我们都可以算是从中获益的——尤其是当它们在黄昏薄暮中似隐若现时,那如假包换的雉堞显得如此壮美;然而,我那日思夜想的人儿,好像并不适合在这样高的地方现身。

我记得,这个人在澄澈的暮色中,显然有两次让我激动得喘不过气来,那感觉如此清晰锐利,第一次纯粹是吓了一跳,第二次则是因为意外而又给吓了一跳。这所谓的第二次,其实是因为强烈地感受到第一次犯了个错:与我四目相对的男人并不是我先前贸然推定的那一位。当时撞入我眼帘的景象混沌而迷乱,以至于多年以后我也不可能指望将它栩栩如生地描述出来。对于一个从小便没见过什么世面的年轻女子而言,看到一名陌生男子出现在一个人迹罕至的地方,自然会心生惶恐;而那个与我面面相觑的男人——几秒钟之后我对此愈发确信无疑——绝非我先前念念不忘之人,而且也从未与我谋过面。这张面孔我并没在哈雷街见过——我在哪里都没见过。非但如此,就连这地方,也仅仅因为这身影的出现,刹那间,无比诡异地成了一片荒野。至少,在我看来,此时此刻,当我凭着前所未有的深思熟虑来叙述这件事时,那一刻所有的感觉又再度袭来。那感觉就好比,一旦我发觉自己看到的究竟是什么时,周围其余的一切,顷刻间归于死灭。此刻我一边写,一边仿佛能听到,在一片出奇的宁静中,傍晚的种种声音皆为之沉寂。金色的天空中,秃鼻乌鸦不再聒噪,原本惬意宜人的时光就在这无可名状的一刻失去了它所有的声音。天空中仍有几抹金色,空气依旧清朗澄澈,越过城垛注视着我的男人仿如框中之画一般清晰确凿。就这样,我飞快地在脑海中搜索了一遍,琢磨他可能是谁,可他谁也不是。我们遥遥相望了许久,我有足够的时间拼命追问自己他究竟是谁,但我说不出答案,所以几秒钟之后，我的好奇心变得愈发强烈。

后来我才省悟，鉴于某些原因，关键问题，或者说关键问题之一，是弄清这情形究竟持续了多久。呃，至于我这边，随你怎么想吧，总之我当时一下子想出十几种可能，其中并没有哪种显得特别对头，依我看，这宅子里早就藏着——关键是，藏了多久？——一个我素未谋面之人。对视在继续，我只能稍稍克制住自己，不让这样的念头太强烈：鉴于职责所在，我似乎不应对此一无所知，也不应容许有这样的人存在。在整个过程中，无论如何，这位不速之客——我记得，他没戴帽子，显然对此地毫不见外，散发着某种诡异的无拘无束的气息——似乎从他所在的位置将我牢牢定住，我只能透过渐渐黯淡的光线细细打量，满脑子都是因为他的出现而引发的问题。我们离得太远，没法向对方呼唤，不过，有那么一瞬间，我们的面面相觑到了这样一种程度：但凡能缩短距离，我们就会顺理成章地打破沉寂、互相较量一番。他站在离宅院较远的某个塔楼转角上，那一幕我印象深刻，他站得笔直，双手把住突起的边缘。于是我看清了他，一如此刻我看清自己写在这一页上的字字句句；接着，千真万确，一分钟之后，就好像还嫌这一幕不够壮观似的，他缓缓地移动了位置——挪到平台对面的那个角落,一边挪还一边使劲朝我这边看。没错,让我挥之不去的是,在这番腾挪的过程中,他的目光须臾不曾离开我,此时此刻,他走开时那只手从一个雉堞挪到另一个雉堞的样子仍历历在目。他在另一头的角落里站定,只是时间比刚才要短些,而且,甚至在他转身时目光仍明明白白地铆住我不放。他转身而去,我所知道的也就这些了。

第四章

当时,我并没有拔腿就走,而是等着下文出现,因为我那会儿非但呆若木鸡,而且浑身发抖。布莱庄园是不是藏着一宗"秘密"?——尤多尔佛之谜①,抑或是一个众人讳莫如深、暗地里羁押的疯子亲戚②?我也不知道自己把这事儿翻来覆去琢磨了多久,或者说,不知道在那种半是好奇半是恐惧的一团乱麻中,我在原地待了多久;我只记得,当我再次步入宅子时,已是暝色四合。其间,我一定是被焦躁不安的情绪控制着、驱使着——因为我一定是在此地绕了一圈又一圈,足足走了三英里;不过,鉴于我此后即将面临的冲击是那样排山倒海,所以相形之下,这初次照面的警告不过是带来一点尚属人之常情的寒意罢了。说实话,那天最特别的地方——就跟此后发生的情形一样特别——是我在客厅里遇上格罗斯太太时渐渐意识到的事情。当时的画面至今历历在目——我一回去,那在灯光照耀下分外明亮、被四面白墙围住的空间,以及墙上挂的肖像画、地上铺的红地毯,便次第映入眼帘,我那位朋友的神色既惊且喜,让我一下子就看出她是在盼着我回来。跟她一搭上话,我立刻就意识到,她是那么真心诚意,看到我出现便如释重负,无论我准备告诉她的事情可能意味着什么,她都会懵然无知。我事先并没想到她亲切的面庞会让我难以启齿,不知怎么的,我又掂量了一下先前见到的景象是否重要,进而发觉自己颇为踌躇,不知道该不该提起此事。纵观整个过程,几乎没什么事能跟这一件同样古怪: 当我真正开始恐惧时,居然还会——如果我可以这么说的话——本能地保护我的同伴免受惊吓之苦。于是,在那里,在那惬意的客厅里,在她的凝视下,我心里经历了一番翻天覆地的转变——对于迟迟才回来,我囫囵找了个借口,说什么夜色美、露水重、湿了脚,然后尽快溜进自己的房间。

这样一来,事情就走了味;许多天以后,这成了一件咄

---

① 指安妮·拉德克里夫写于1794年的著名哥特小说《尤多尔佛之谜》,其中的女主角被城堡里出没的幽魂所惊吓。
② 暗指小说《简·爱》中的"阁楼疯女人"。

咄怪事。每天有那么几小时——或者至少是从工作时间里偷来片刻——我会让自己与世隔绝，专心思考。我的紧张程度还不至于超过我忍耐的限度，尽管我非常害怕会发展到那一步；因为尽管我苦苦追索，真相却显然遥不可及，关于这位我不知为何格外关切——似乎是这样——的不速之客，我终究一无所知。我很快就发现，无须提任何问题，说任何耸动的话，我就能对府中大小纠葛心知肚明。我受的那场惊吓一定是让我所有的感官都变得敏锐了；只经过三天更为仔细的观察，我就确定，我并没有被仆人捉弄，也不是什么恶作剧的受害者。不管我有所察觉的那件事究竟是什么，周围的人们都对此浑然不觉。只有一种合理的推断：有人行事出格，狂野不羁。这便是我一头扎进自己的房间，锁上门，对自己反复念叨的话。我们，所有人，都受到了一次非法闯入者的骚扰；有个肆无忌惮、对老房子颇为好奇的游客，趁着没人发现悄悄潜进来，找到最佳视点饱览风景，然后偷偷溜出去，就跟进来时一样。至于他为何用那样鲁莽而犀利的眼神盯着我，那也只能归咎于他的浪荡轻浮。好在，毕竟，我们应该绝对不会再见到他了。

我无法认定，仅仅靠我那迷人的工作就能让其他的一切都显得不那么重要，我得承认这可不是一件好事。我那迷人的工作就是陪伴迈尔斯和弗洛拉，而最让我喜欢的原因是：一旦把心血全扑在这份工作上，就能把我的麻烦抛在脑后。我照管的这两个迷人的小精灵总是教人满心欢喜，禁不住让我讶异我起初的那点恐惧，那种认为家教可能是一场无聊闷局的反感，真是毫无意义。现在看来，这既不会是一场无聊的闷局，也不会是漫长的痛苦；一份让每天都显得那么美好的工作怎么会不迷人呢？育儿室的浪漫气息与课堂的悠悠诗意尽在其中。当然，我的意思并不是说，我们只学习小说和韵文；我的意思是，设若换作别的字眼，我便无法表达我那两个伙伴所激发的乐趣。我还能怎么形容呢，只能说我并非对他们习以为常，而是不时都有崭新的发现冒出来——这对一位家庭教师来说可真是非同寻常：姐妹们可以替我作证！毫无疑问，在这些发现中，并没有哪一个是往那个方向走的：关于男孩在学校里的所作所为，仍然密布着重重疑云。我发觉，没过多久，面对这个谜，我已经没有一丝痛楚。甚至，也许这样说更符合事实：虽然他本人不置一词，却已经把此事抹得一干二净。他让整个指控都显得荒诞不经。我的结论与他纯洁的、真正堪称玫瑰红的面色一起盛开：他只是太美好太优秀，不容于那小小的、恐怖而肮脏的校园世界罢了，并且为此付出了代价。对此我洞若观火：像这样与众不同、卓尔不群的人，难免被大多数人——其中甚至包括愚蠢卑鄙的校长——视为敌人。

两个孩子都温和柔弱——这是他们唯一的瑕疵，但迈尔斯并没因此而娘娘腔——而这一点几乎让他们（我该怎么表达？）显得淡定超脱，当然也根本没有理由去惩罚他们。他们就像那些传说中的天使娃娃一般——无论如何，在道义上——根本无可指摘！我记得，跟迈尔斯相处时，我会觉得，在某种程度上，他没有一丁点儿可能会有前科的痕迹。我们一般都以为小孩子对"前尘往事"缺乏认识，可是这个漂亮的小男孩身上既具有某种异乎寻常的敏感，又总是异乎寻常地快乐，这一点比任何我见过的同龄儿童都突出，让我觉得每一天对他而言都是新的开始。他从来没有受过一秒钟的折磨。我将这一点视为直接证据，能够推翻他确实受过严厉惩戒的说法。但凡他真的作过恶，那么他会有所"沾染"，我也应该通过反弹感知到这种沾染——我应该会寻到蛛丝马迹，应该能觉察到伤口和耻辱。我压根就无法将事情还原，所以他就是一个天使。他从不说学校里的事情，对同学和师长只字不提；至于我，也因为对此太反感，所以不愿含沙射影地提到他们。毫无疑问，我着了魔，而最让人惊异的是，即便在那时，我也完全知道自己着了魔。尽管如此，我仍然不能自拔；对于任何痛苦而言这都是一剂解药，而我的痛苦还不止一种。近来我收到从家里寄来的几封烦人的书信，家里诸事不顺。然而，与孩子们带给我的欢乐相比，世上还有什么事情是重要的？我间或休整时就是这样追问自己的。他们的可爱让我目眩神迷。

某个礼拜天——言归正传——滂沱大雨一连下了那么久，去教堂是不可能了；结果，随着天色渐暗，我和格罗斯太太商定，但凡傍晚的情形略有好转，就一起去参加晚祈祷。好在雨真的停了，我便去为出门做准备，我们得穿过公园，沿着那条好走的路到村里，大致要花二十分钟。我走下楼来，在客厅里跟我那位同事会合。我记得先前有一副手套需要缝上三针，后来我把它给缝好了——宣扬此事也许并无教益——我缝的时候和孩子们坐在一起，因为是礼拜天，所以当时例外地让他们在"成人"餐厅里用茶点，那餐厅像一座清冷而洁净的、用桃花心木和黄铜打造的庙宇。手套就落在那里，我转身回去找。天色真够灰的，可下午的日光仍流连不去，所以我刚跨过门槛时，非但一眼看见我要找的物件就搁在一把靠近一扇紧闭的宽阔窗户的椅子上，而且猛然意识到窗外有个人正透过窗户直勾勾往里看。我再走一步就能进房间了；我骤然目击；一切尽在眼前。直勾勾往里看的就是那个曾经出现在我眼前的人。他如今再次现身。我觉得他的样貌并未愈加清晰——因为那不可能——倒是显得近了一些，表明我们之间的关系又前进了一步，想到这里，与他遭遇时我不由得屏住呼吸，浑身冰凉。他就是那个人——他就是那个人，而且这回和上次一样，只能看见他腰部以上，尽管餐厅就在底楼，窗户却并非落地，看不见他站立着的露台。他的脸离玻璃很近，然而，奇怪的是，虽然这样我能看得更清楚，结果却只是让前一次的印象更强烈。他只待了几秒钟——这点时间已经足够让我确信，他也看见并认出了我；可是，那情形就好像我已经盯着他看了好几年，而且一直都认识他似的。然而，这回发生了一件前所未有的事；他直瞪着我的面孔，目光穿越玻璃，穿越房间，和上回一样深邃严酷，但倏忽间那目光又从我脸上移开，然后我跟着那目光接连在别处——停留。此时此地，我心头猛然一惊，省悟到他来不是为了我。他来，是为了别人。

这番憬悟如一道闪电——因为那是恐惧中的恍然大悟——让我心潮澎湃到匪夷所思的地步,我站在那里,只觉得责任与勇气突然开始蠢蠢欲动。我说"勇气"二字,是因为我已经将所有的疑虑都抛得很远很远。我一个箭步蹿出房门,接着又跑到宅子的大门,刹那间已经走上甬道,用我力所能及的最快步伐穿过露台,绕过转角,好看个真切。可是现在什么也看不见了——我那位客人已无影无踪。我停下来,几乎颓然倒地,因为我真的松了一口气;可我还是把周围扫视了一遍——我得给他再度出场的时间。我管这叫"时间",可那究竟有多久?如今我无法准确说出这些事情持续了多久。我肯定已经没有那种概念了:时间不可能像我以为的那样长。露台和整个这块地盘,以及后面的草坪和花园,乃至猎场中我目之所及的范围,都空空如也,空空如也。那里有灌木丛和大树,可我记得当时很有把握,它们不可能藏得住他。他要么在那里,要么不在:如果我没看见他,那他就是不在。对此我坚信不疑;接着,本能地,我没有原路返回,而是直奔那扇窗户而去。我懵懵懂懂,觉得自己应该待在他刚才站立的地方。我确实这么做了;我把脸贴在窗格玻璃上,像他那样透过窗户往屋里看。就在此时,仿佛是为了让我弄清当时他的视野有多大似的,格罗斯太太——就像我刚才在他面前表现的那样——从客厅走进来。这样一来,刚才发生过的那一幕又在我眼前重演了一遍。她看见了我,正如先前我看见了我的客人;她像我那样突然刹住脚步;我也弄得她像我刚才那样吓了一跳。她脸色煞白,我不由问自己是否也脸色发白。简而言之,她瞪大眼睛,沿着与我完全相同的路线退出去,我知道,她是走出门去,绕个圈子来见我,我应该马上就能见到她。我站在原地没动,一边等一边同时琢磨好几件事。可只有一件值得一提。我在纳闷她为什么要害怕。

第五章

哦,对于这个问题,她一转过墙角,刚刚再度出现在我视野中,便让我知道了答案。"看在上帝的分上,出什么事了——?"她脸涨得通红,上气不接下气。

待她凑到近前我才开口。"你是问我出什么事了?"我当时肯定是做了个妙不可言的鬼脸。"你看出我有问题?"

"你的脸就跟纸一样白。表情很可怕。"

我盘算起来;趁此机会,我可以用不着再顾忌——顾忌她对此事是如何懵然无知。我本来一心想尊重格罗斯太太的幸福感受,现在这种责任感悄然从我的肩头坠落,如果说我当时有片刻的动摇,那我也没坚持多久。我向她伸出手,她握住了它;我攥了好一会儿,我喜欢感觉到她在我身边。她迟迟疑疑、起伏不定的惊讶里,蕴含着某种支持我的意味。"你来找我当然是为了去教堂,可我去不了。"

"出什么事了吗?"

"对。现在你非知道不可了。我看起来是不是很古怪?"

"隔着窗户看吗?真可怕!"

"呃,"我说,"我刚才吓坏了。"格罗斯太太的眼神明明白白地流露出她不情愿,可与此同时,她对自己的职分是那么心知肚明,所以她别无选择,只能跟我分担那显而易见的麻烦。哦,这事儿定了,她非分担不可!"你刚刚从餐厅里看到的景象就是后果。我看到的——在此之前——要可怕得多。"

她的手握紧了。"怎么回事?"

"一个离奇古怪的男人。在往里张望。"

"什么离奇古怪的男人?"

"我完全弄不清来龙去脉。"

格罗斯太太茫然地环视我们周围。"那么他去哪儿了?"

"那我就更弄不清楚了。"

"你以前见过他吗?"

"见过——一次。在那座古塔上。"

她只能愈加专注地盯着我。"你的意思是，他是个陌生人？"

"哦，绝对素昧平生！"

"而你也没告诉我？"

"没——我自有道理。可是现在你已经猜到——"

格罗斯太太用圆圆的眼睛直视这道指控。"啊，我可没猜到！"她一口否认。"我怎么可能猜到啊，难不成是你想象出来的？"

"我压根就没想象什么。"

"除了在塔上，你没在别处见过他吧？"

"还有就是刚才在这里。"

格罗斯太太再度环顾四周。"他在塔上干什么？"

"就站在那里俯视我。"

她寻思了一小会儿。"他是个上等人吗？"

我想我没必要再斟酌了。"不是。"她愈发惊诧地凝视我。"不是。"

"那么他不是本地人吧？不是从村里来的？"

"不是——不是。虽然我没告诉你，可我拿得准。"

她莫名其妙地舒了口气：说来奇怪，她倒觉得这似乎是件好事。不过,说实在的,这基本上于事无补。"可如果他不是一位绅士的话——"

"那他是什么呢?他是个怪物。"

"怪物?"

"他是——上帝帮帮我吧,我要知道他到底是什么就好啦!"

格罗斯太太又往四周环视了一通;她的双眼凝视着愈发昏暗的远处,接着,她打起精神,转过身来,前言完全不搭后语地对我说,"我们该去教堂了。"

"哦,我现在可不适合去教堂!"

"难道去教堂对你不好吗?"

"对他们不——!"我往宅子那边点点头。

"对孩子?"

"现在我不能扔下他们。"

"你害怕——?"

我冲口而出。"我怕他。"

一听这话,格罗斯太太那张大脸头一回在我眼前闪动着恍惚可见的微光,看来她是把什么事情看得更透彻了:不知怎的,我从中分辨出,有一个并非我灌输给她、而且我自己也不怎么清楚的念头初露端倪。我回过神来,马上想到这件事我可以从她那里套出点口风;而且我觉得,与此密切相关的情形是:此刻,她流露出巴不得知道更多消息的表情。"那是什么时候的事情——在塔上?"

"大概是月中。也是在这个钟点。"

"天快黑的时候,"格罗斯太太说。

"哦,不,还没那么黑。我看他就跟现在看到你一样清楚。"

"那么他是怎么进来的?"

"而且他又是怎么出去的呢?"我笑了,"我没机会问他!今晚,你瞧,"我接着说,"他就没法进来。"

"他只是偷看吗?"

"但愿他仅止于此!"此刻她已经松开我的手;她略略转身。我先略等片刻;然后说道:"去教堂吧。再会。我得守着。"

她缓缓地又转过来面对着我。"你害怕他们出事?"

我们又久久对视。"你难道不害怕?"她没回答,而是向窗子那边走过去,面孔贴近玻璃,足足一分钟。"现在你知道他能看见什么了吧,"于是我继续往下说。

她没动。"他在这里待了多久?"

"待到我出来。我过来是想见他。"

格罗斯太太终于转过身,她脸上的表情愈发复杂了:"要是我就不会出来。"

"我也不会!"我又笑起来。"可我硬是出来了。我尽了责。"

"我也尽了我的责任,"她答道;接着,她又补了一句:"他长什么样?"

"我一直很想告诉你。可他长得跟谁都不像。"

"谁也不像?"她跟着念叨。

"他没戴帽子。"接着,我在她脸上看出,她从我这句话里捕捉到了一点画面感——这让她陷入更深的沮丧,于是我飞快地补上一笔又一笔。"他头发是红色的,红得很,又密又鬈,一张苍白的长面孔,五官线条笔挺,很好看,八字胡稀疏而古怪,颜色跟头发一样红。不知怎么的,他的眉毛颜色更深;眉形看起来拱得特别厉害,好像能肆意挑动似的。他的眼睛锐利,古怪——怪得很;但是我很清楚,它们其实相当小,而且眼神总是直勾勾的。他有一张阔嘴,嘴唇倒是薄的,除了那点稀疏的八字胡,他的脸刮得挺干净。他给我的感觉是,他看起来像个戏子。"

"戏子!"至少,当时不可能有人比格罗斯太太更像一个戏子了。

"我从来没见过什么戏子,不过我想他们就是那个样子。他高挑,活跃,挺拔,"我继续说,"可绝非——对,绝非!——一个上等人。"

我接茬往下说,而我那位同伴的脸色随之愈来愈白;她的圆眼睛鼓出来,温厚的嘴巴张开,一副不知所措、呆若木鸡的样子:"上等人,就凭他?"

"那你认识他?"

她显然想让自己镇定下来。"可是他长得算英俊吧?"

这下我明白该怎么帮她了。"英俊极了!"

"穿的是——"

"穿着别人的衣服。衣服很帅气,可不是他自己的。"

骤然间,她喘息着发出赞同的呻吟。"那是东家的!"

我乘胜追击。"那你确实认识他吧?"

她只是支吾了小会儿。"是昆特!"她叫道。

"昆特?"

"彼得·昆特——是他的亲信,他的贴身男仆,那会儿他还住在这里!"

"是说那会儿东家还在这里吗?"

虽然打着哈欠,可为了顺着我,她好歹把事情拼拢在一起。"他从来都不戴帽子,可他确实穿——呃,有几件背心我找不到了!本来都在这里——去年。后来东家走了,只剩昆特一个人。"

我一路追下去,不过到这里踌躇了片刻。"一个人?"

"他一个人跟我们待在一起。"接着,她的声音仿佛从更深处浮上来,"他是管事的,"她补了一句。

"那后来他怎么样了?"

她吞吞吐吐了那么久,弄得我心里越发云山雾罩。"他也走了,"她终于说出来。

"去哪儿了?"

一听这话,她的表情变得匪夷所思。"上帝知道是哪里!他死了!"

"死了?"我几乎尖叫起来。

她看起来在竭力让自己沉住气,稳住神,好在描述这桩出咄怪事时显得更坚决。"是的。昆特先生死了。"

第六章

毫无疑问,不单是因为这场交谈,我们才会一起面对如今我们不得不尽量与之共同生活的东西,包括我那可怕的、对于那些拥有生动例证的自然法则格外敏感的倾向,以及随之而来的、我的同伴对我这种倾向的洞悉——半是惊愕半是同情。那天傍晚,真相揭开以后,我整整一个小时都瘫软无力——我们谁都没去做礼拜,只是一起流着眼泪发誓、祈祷,对天承诺,情绪立时高昂起来,于是我们双双躲进教室,关起门来便言无不尽,少不得又是一连串唇枪舌剑和赌咒发誓。言无不尽的结果是,我们的处境中种种严苛险峻之处,皆一览无余。她自己什么也没看见,连一道影子的影子都没有,整幢宅子里就只有女教师一个人陷在女教师的困境里;然而她接受了我告诉她的真相,也并未直截了当地质疑我的神志是否清醒,末了还对我流露出一丝满怀敬畏的温情，以及某种对我言听计从的表情——而令她言听计从的，并不仅仅是我那未必确凿的特权，如此点点滴滴，正是生而为人者所施与的最甘美的仁慈，从此便长存于我心底。

当晚，我们俩说定，以后凡事我们可以一起承担；而我甚至怀疑，尽管她什么都没看见，却承受了更多的压力。我想，当时，我知道——正如后来我同样知道——为了保护我的学生，我能够应付怎样的局面；不过，我得再花一点时间才能彻底弄清我那忠诚的同伴是否准备好履行如此艰辛刻板的盟约。我是个颇为古怪的伙伴——几乎就跟我的那位伙伴同样古怪；不过，如今追溯前尘往事，我能看出当时我们达成了多少共识，而这是因为我们秉持着一个信念——但凡运气好，这个信念就能让我们稳住阵脚。正是这个信念，正是第二次行动，才把我从恐惧的暗室里直接解救出来。至少我能站在庭院里呼吸新鲜空气了，而且这样也能让格罗斯太太过来站到我身边。我至今仍能清清楚楚地想起，在那天晚上我们分开之前，有一股力量是如何在我心中油然而生的。我们将我亲眼所见的一切细节讨论了一遍又一遍。

"他那会儿找的是另一个人，你是说——不是你，是别人？"

"他在找小迈尔斯。"一道清晰的不祥之兆挥之不去。"他要找的就是他。"

"可你是怎么知道的呢?"

"我知道,我知道,我知道!"我愈发亢奋起来。"而且你也知道,我亲爱的!"

对此她并未否认,可是我觉得,我甚至不需要再兜着圈子闪烁其词了。过了一会儿,她又接上了话茬。"假如他真的见到他,那会怎样?"

"小迈尔斯吗?这正是他想要的!"

她看上去又给吓得不轻。"那孩子吗?"

"老天不容!我是说那男人。他就想在他们面前出现。"他也许是一个可怕的怪物,但不知怎么的,我可以迫使他收敛;非但如此,当我们在那里久久逗留时,我已经实实在在地证明了这一点。我绝对有把握,已经在我眼前出现过的那一幕,我还会再看见,可是我心底里还有个声音在说,如果我能勇于献身,让自己成为惟一体验此等经历的人,接受、招惹并克服这一切,我便能充当救赎罪愆的祭品,守护阖府上下平安无事。这样看来,我尤其应该让两个孩子与此事严密隔绝,务必保证他们安全无虞。我记得,当晚我对格罗斯太太说的最后几件事里,有一件是这样的。

"我真的挺吃惊的,我的学生居然从来没提过——!"

在她那犀利的目光的注视下,我沉思着站起身来。"不提他曾在这里待过,也不提他们共同相处的时光?"

"他们共同相处的时光,他的名字,他的样貌,他的历史,什么都没提。他们连隐约提起都没有过。"

"哦,小姐不记得啦。她从来没听说过,也不知道。"

"你是说他去世的原委吗?"我绞尽脑汁。"也许她是不记得。可是迈尔斯会记得啊——迈尔斯会知道。"

"啊,别去试探他!"格罗斯太太打断我。

我迎上她投过来的目光,回望过去。"别怕。"我继续斟酌。"这事儿真怪。"

"你是说他从来没说起他?"

"绝口不提。而你告诉我他们曾是'好朋友'。"

"哦,那可不是他!"格罗斯太太严正声明。"那只是昆特自己的幻想罢了。跟他玩儿,我是说——带坏他。"她稍停片刻;然后加了句:"昆特真是为所欲为。"

这话让我的眼前浮现出他的脸——那样一张脸啊!——顿时厌恶得想吐。"对我的小男孩为所欲为?"

"对所有人都为所欲为!"

当时我忍住没有将这段描述好好剖析,只是略加思忖,将其中有些说法推想到宅子里的几位成员身上,也就是那六七个目前仍然在这个小小的地盘里干活的男女仆从。然而,在我们看来,一切都算幸运:无论在谁的记忆中,关于这幢仁厚古老的府第,从来都没有什么教人不安的传言,也没有什么卑劣粗鄙的下人兴风作浪。这宅子既不染恶名,亦未惹丑闻,而且,显而易见,格罗斯太太觉得只要与我寸步不离、默默颤抖,就万事大吉了。尽管如此,我还是对她——这本是最不妥当的选择——试探了一下。当时已是午夜,她将一只手搁在教室的门上准备离开。"那么,我想你的意思是——因为此事事关重大——他必是公认的坏人了?"

"哦,倒也没公认。我知道——可是东家不知道。"

"而你从来没告诉过他?"

"呃,他不喜欢有人搬弄是非——他讨厌听到谁说别人的坏话。他绝对容忍不了这样的事情,只要是有谁样样对他的胃口——"

"那他就懒得多操心?"这点完全符合我对他的印象;他可不是一位爱惹麻烦的上等人,对于某些常年陪伴其左右的人也不怎么挑剔。尽管如此,我还是一把按住这个能向我提供线索的人:"我保证,但凡换了我,肯定会去报告的。"

她感觉到我已洞察秋毫。"我得说我是错了。可那时我真的害怕。"

"害怕什么?"

"害怕那人什么都干得出来。昆特那么聪明——他城府那么深。"

这话在我心里引发的回响要比我脸上可能会流露出的表情更激烈。"你就不害怕别的吗?不怕他的影响?"

"他的影响?"她重复了一遍,一脸痛楚,等着我磕磕绊绊地说出来。

"对两个天真无邪的小生命的影响啊。他们可是归你管的。"

"不,他们以前不归我管!"她狠狠地、难过地转过身。"东家相信他,之所以把他安置在这里是因为据说他身体不太健康,乡下的空气对他比较好。所以什么事都是他说了算。对,"——她让我听得真真切切——"哪怕是他们的事儿。"

"他们——也归那家伙管?"我只能拼命把某种类似怒吼的声音压下去。"你居然能够容忍?"

"不，我不能容忍——而且我现在也不能容忍！"那可怜的女人禁不住哭起来。

从次日起，就像我说过的那样，我们开始严格控制他们的行踪；不过，整整一周，我们是多么频繁、多么热心地回过头来研究那个话题啊！尽管礼拜天晚上我们讨论了许久，我心里仍然不时飘过阴影，尤其是分别之后紧接着的那几个小时——可想而知当晚我有没有睡——总是担心她有什么事情瞒着我。我自己倒是言无不尽，但格罗斯太太却有话没说透。非但如此，到第二天早上，我已确信这并非是因为她不够坦诚，而是因为她在诸多层面都心存忌惮。如今思前想后，我确实认为，那晚直到第二天日上三竿之前，我一直不眠不休，将那些摆在我们面前的事实细细考量，赋予其种种内涵，而这些内涵几乎都将在此后发生的更为严酷的事件中显现出来。首先，我通过这些事实得到的是那人活着时凶神恶煞的形象——死了以后的样子还不好说！——还有他在布莱庄园度过的那些年月，加起来也长得令人生畏呢。这段邪恶时光直到某个冬天的早晨才告终，一个上早班的工人发现彼得·昆特死在通往村口的路上，僵硬得像块石头：有人解释说这场惨剧——至少表面上看是这样——是因为他头上有一处清晰可见的伤口,这样的伤口可能是这样造成的(而且最终的呈堂证供也是这么说的):黑暗中,一次致命的滑倒,他在离开酒馆之后,走上一道结冰的、颇为陡峭的斜坡,他完全走错了路,尸体就躺在斜坡底下。结冰的斜坡,黑夜里转错的弯,再加上喝过酒,这些已经能说明很多问题了——实际上,最后,经过验尸和喋喋不休的议论,所有的问题都得到了圆满的解释;然而,他的一生颇有蹊跷——奇特的际遇和险境,诡异混乱的举止,并非空穴来风的恶行,它们能说明的问题要多得多。

  我几乎不知道怎样将我的故事付诸文字,才能将我的心态描摹得确凿可信;不过,那些日子里,我确实从那股为情势所逼而焕发的非凡的英雄主义激情中,找到了乐趣。我发觉人们要求我承担的这份职责既教人钦羡又举步维艰;在许多别的姑娘没准会失败的地方,我却能成功——哦,只要对路!——能将这一点昭示天下,是多么了不起啊。对于我当时的反应,我自己的看法是那么坚定,那么简单——回过头来看,我承认我真得为自己喝彩!——这一点对我很有好处。我待在那里,是为了保卫天底下最不幸丧亲、最我见犹怜的两个小人儿,他们的柔弱无助召唤着我,倏忽间变得格外清晰,让我自己那颗忠于职守的心深深作痛,久痛不已。说真的,我们一起与世隔绝;我们共同面对危险。除了我,他们一无所有,而我——好吧,我有他们。简而言之,这是个千载难逢的机会。这机会有血有肉、形神兼备地出现在我眼前。我是一道屏障——我得站起来挡在他们前面。我看见得愈多,他们看见得就愈少。于是,我开始在一个教人窒息的悬念、一股拼命掩饰的兴奋中——但凡持续时间太久,没准会变成某种类似于发疯的情状——看护他们。如今看来,当时我之所以得救,是因为这情绪最终完全转化成了别的东西。悬念并未持久——取而代之的是可怕的证据。证据,听着,没错——从我真正抓住它们的那一刻起。

那一刻得追溯到某天午后,我恰巧和我那更年幼的学生在庭园里独处。我们把迈尔斯留在房子里,他正坐在一把靠窗的、铺着红色垫子的大椅子①上;他想读完一本书,而我也很乐意鼓励这个唯一缺点是偶尔过于好动的小伙子,去实现一个如此值得赞美的目标。他的妹妹正相反,刚才就跃跃欲试着想出门,我便带着她散步半小时,找到一处树荫,因

---

① 原文为 deep chair,指底座宽度较大、能坐得较深的大椅子。

为此时太阳依然高挂,天很热。一路上,我再度意识到,她就跟她哥哥一样,总能设法——这正是这两个孩子的迷人之处——既让我悠然自得,又显得并没有撇下我;既陪伴着我,又不是围着我转悠。他们从不曾胡搅蛮缠,也不会冷漠倦怠。我对他们的监护其实已经变成看着他们如何自得其乐,而我全无用处:这一幕似乎正是他们全心全意准备好的,我只需要做个全心全意的仰慕者就够了。我步入一个充满着他们的异思妙想的世界——而他们没有机会从我的那些臆想中得到什么启迪;所以对他们而言,我只需泹掷光阴,充当一个此刻的游戏需要的人物或道具,感谢我的东家,我那尊贵的主人,这只是一个既快乐又卓尔不群的闲职。我忘了当下身在何处;我只记得我是一个至关重要、心静如水的人,而弗洛拉正玩得起劲。我们就在湖边,因为最近刚开始学地理,所以那面湖就成了"亚速海"①。

置身于这样的环境里,我突然发现"亚速海"对面有个兴致勃勃的观众在看我们。我以天底下最为古怪的方式察觉到此事——而比这奇怪得多的是,它又是如何迅速消失于无

---

① 俄罗斯西南部和乌克兰南部之间的内陆海。

形的。当时我坐在一张正对着湖的老石凳上——因为我给分配到的角色是可以坐的——忙一件针线活;就在这个位置上,我确信我看到了——尽管未能直视,又离得很远——第三个人。那些老树,那茂密的灌木林,投下大片怡人的浓荫,可是在这炎热而静谧的时刻,那里也是亮堂堂的。一切都毫无争议可言;至少,我完全相信,随着时间的推移,我将渐渐明白,只要抬起眼睛来,我就能在湖对岸看见什么。在这紧要关头,我的双眼紧盯着手里在忙的针线活,我能再次感到我正努力做到目不转睛,因为我得稳住阵脚,决定如何应对。视野里出现了陌生的物象——一个人影,对于他跑到这里来是否有正当理由,我立即强烈质疑。我记得当时我历数了种种可能,并且提醒我自己,出现个把住在这一带的人,甚或村里跑来一位信使、一名邮递员以及哪个生意人的伙计,都是再自然不过的事。可这样的提醒并没有动摇我的信念,而且我意识到——甚至我连看都不用看——这位访客的性情和态度,也一如既往。这也是再自然不过的事情:如许情状,本应归咎于"闲杂人等",但实际上绝对不是。

一旦我那勇气的小闹钟掐对了时间①,我就能彻底弄清

---

① 比喻,指鼓起勇气。

那幽魂的确凿身份了；此时，我攒足气力，将目光直接移到小弗洛拉身上，她那会儿大约离我有十码远。我不知道她是否也看到了鬼，一念及此，我不由既惊且惧，心跳亦为之骤停片刻。我屏住呼吸，等着她发出怎样的惊呼，发出怎样突如其来的、或关注或警觉的信号，我便能以此来判断情势。我等着，但太平无事；接着，首先——我觉得，比起其他我必须讲述的事情，这里头蕴含着某种更阴郁可怖的东西——我凭感觉断定，转瞬之间，所有从她这里发出的声音，都归于沉寂；其次，同样在这一刹那的时间里，她玩着玩着突然转身背对湖水。我最后注视着她时，她的态度是这样的——看上去似乎坚信我们仍然在一起承受那人直勾勾的注视。此时她已经捡起一块小木片，木片上恰巧有个小孔，她显然受此启发，只要将另一根看起来像桅杆的残木戳进去，就能把这玩意做成一条船。我看着她，她显然正在聚精会神地把这第二块小玩意努力固定住。我明白她在做什么，这种信念支撑着我，让我很快就觉得自己做好了准备，能面对更多的问题。于是我又把视线挪开——去直面不得不直面的东西。

第七章

之后,我刚有机会见到格罗斯太太便一把拽住了她;至于那段间歇我是怎么熬过来的,我自己也说不清楚。反正,当时我一头钻进她怀里,嘴里嚷起来,这声音至今仍回荡在耳边:"他们知道——太可怕了:他们知道,他们知道!"

"究竟什么——?"她抱着我,我能感觉到她满腹狐疑。

"哎,我们知道的一切——而且天知道,除此之外还有点什么!"接着,她松开我,我把那件事跟她说了,也许直到那时,我自己才刚刚理清来龙去脉。"两小时前,在花园里!"——我都有点口齿不清了——"弗洛拉看见的!"

一听这话,格罗斯太太就好像在肚子上挨了一下似的。"她告诉你的?"她喘着粗气。

"只字未提——这点真恐怖。她守口如瓶呢!八岁的孩子,那孩子啊!"我仍然无法形容这事儿让我多么震惊。

格罗斯太太当然只能把嘴巴张得更大。"那么你是怎么知道的呢?"

"我就在现场——我亲眼所见:看见她完全知情。"

"你是说知道他在?"

"不——是知道她。"我一说出口就意识到,我的模样肯定很怕人,因为我从同伴脸上慢慢看到了反应。"是另一个人——这一次;不过这个人也跟上次一样恐怖,一样邪恶:这是个黑衣女人,苍白而可怕——也是一样的神态,也是那样一张脸!——就在湖对面。我就跟孩子一起待在那里——当时很安静;玩到一半她就来了。"

"怎么来的——从哪里来?"

"从来处来啊!她就那么冒出来,站在那里——不过不算太近。"

"也没凑过来?"

"哦,我感觉上她好像就跟你一样近!"

我的朋友似乎被一种古怪的冲动往后推了一步。"她这人你是不是从没见过?"

"从来没有。可是这孩子见过她。你也见过她。"妾着，为了表明我把事情全想透了，我说："就是我那位前任——那个去世的人。"

"杰塞尔小姐？"

"杰塞尔小姐。你不相信我吗？"我步步紧逼。

她痛苦地左右扭动身子。"你怎么能拿得准呢？"

处在当时的精神状态中，这话顿时让我焦躁起来。"那就去问弗洛拉——她拿得准！"可我刚说出口就把持住了自己。"不，看在上帝的分上，别。她会说她拿不准的——她会说谎！"

出于本能，格罗斯太太对此大感不解，不过并未因此而忘了提出抗议。"啊，你怎么可以这样说？"

"因为我很清楚。弗洛拉不想让我知道。"

"当时她只是为了不让你受惊吧。"

"不对，不对——这里面的意思很深，很深！我越是思前想后，能看出的花样就越多，看得越多就越害怕。我不知道还有什么我没看见——还有什么不让我害怕的！"

格罗斯太太竭力想跟上我的思路。"你是说你害怕再看到她？"

"哦，不；那没什么——现在没什么了！"然后，我解释道。"我是害怕见不到她。"

可是我伙伴的脸色一片煞白。"我不明白。"

"呃，我是说这孩子会一直这么干——这孩子一定会的——还不让我知道。"

想到居然会有这样的可能，格罗斯太太一时间整个人都崩溃了，不过她很快又振作起来，似乎从这种念头里得到实实在在的力量：但凡我们让一寸，就会真的一败涂地。"亲爱的，亲爱的——我们得冷静！而且，说到底，如果她无所谓——！"她甚至还努力开了个阴森森的玩笑。"没准她倒喜欢呢！"

"喜欢这样的东西——一个乳臭未干的小姑娘？"

"那不是正好证明她与生俱来的天真无邪么？"我的朋友勇敢地质问道。

那一刻，她差不多要说服我了。"哦，我们一定得抓住这件事——抓住不放！如果这不能证明你的说法，那么它就能证明——上帝知道能证明什么！总之那女人恐怖至极。"

一听这话，格罗斯太太盯着地面看了一分钟；接着，她终于抬起眼睛，"跟我说说你是怎么知道的，"她说。

"那么你承认她确实如此啰？"我叫道。

"跟我说说你是怎么知道的,"我的朋友只是重复了一遍。

"怎么知道?看看她就知道了!看看她的眼神。"

"你是说,看你的眼神——很邪气?"

"天哪,不——真要那样我总还扛得住。她压根就没看我一眼。她只盯着那孩子。"

格罗斯太太竭力想象那画面。"盯着她?"

"啊,用那样可怕的眼睛!"

她盯着我的双眼,仿佛只要这么盯下去,我的眼睛就真的会跟那人的眼睛相似。"你是说那双眼睛让人憎恶?"

"上帝帮帮我们吧,不是这么回事。比这个要糟糕得多。"

"比让人憎恶还糟糕得多?"——这话真让她一头雾水。

"那眼神斩钉截铁——无法形容。带着一种不达目的不罢休的狂热。"

我弄得她脸色煞白。"目的?"

"目的就是抓牢她。"格罗斯太太——她的双眼还是盯住我的眼睛不放——身子一抖,走到窗口;她站在那里望向窗外，而我则趁着这段时间把我的话讲完。"弗洛拉知道这些。"

过了一会儿，她转过身来。"你是说，那人穿着一身黑？"

"正服着丧呢——很穷的样子，简直可算衣衫褴褛。然而——没错——她美貌绝伦。"此刻我意识到，通过一笔又一笔的描述，我已经让她被我的信心所折服，因为看得出来，她掂得出这句话的分量。"哦，漂亮——非常，非常漂亮，"我继续强调，"实在是美极了。不过有点儿下贱。"

她慢慢地回到我身边。"杰塞尔小姐——是挺下贱。"她的双手再次握住我的一只手，攥得紧紧的，仿佛这样就能让我鼓起勇气，抵挡真相渐渐揭开时所引发的越来越强烈的恐慌。"他们都挺下贱的，"她终于说。

于是，在这一小段时间里，我们又并肩面对这一切；现在能看得如此直接透彻，真让我觉得助益良多。"我明白，"我说，"迄今为止你保持沉默是因为有涵养；可是，毫无疑问，现在已经到了向我和盘托出的时候了。"她似乎对此颇为赞同，却仍然只是默认；于是，我乘胜追击："我现在就得知道。她是怎么死的？说吧，他们之间有问题。"

"他们之间应有尽有。"

"哪怕有差距——?"

"哦,地位,条件"——她悲伤地说出了实情。"她本是个淑女。"

我思忖片刻;我又回过神来。"对——她本是个淑女。"

"而他是那么粗鲁的下等人,"格罗斯太太说。

我觉得,我当然没必要把我的伙伴逼得太紧,她终究也只是个用人;可是,面对我的伙伴以自己的标准来对我前任的不轨行为评头论足,我没什么理由不听。这样的局面是有办法应付的,于是我就应付了;我也很乐意对我东家的这位英俊的已故"贴身"男仆——证据确凿——有一番全面的了解;无耻而自信,恃宠且荒淫。"这家伙是条狗。"

格罗斯太太若有所思,仿佛在鬼影憧憧中这只能算小事一桩。"我从来没见过他这样的人。他想干什么就干什么。"

"跟她吗?"

"跟他们所有人。"

此刻,在我的朋友眼里,杰塞尔小姐似乎又出现了。无论如何,倏忽间我似乎从她的眼睛里看到了她的魂魄,清晰得一如我在湖边见到的景象;我下定决心,说:"她肯定也想这样!"

格罗斯太太的表情意味着我说得没错,可与此同时,她说:"可怜的女人——她付出了代价!"

"那么你确实知道她是怎么死的啰?"我问道。

"不知道——我什么也不知道。我不想知道;我很高兴我不知道——感谢上帝她好歹算是一了百了啦!"

"不过你有自己的看法——"

"关于她离开的真实原因?哦,对——是这样。她当时不能再待下去了。你想啊,在这里——作为一个家庭教师!后来,我猜想——我现在仍然是猜想。我的猜想很可怕!"

"不会有我的猜想那样可怕,"我答道;我肯定在她面前显露出一副可怜巴巴的沮丧模样——因为我真的很清醒。我这副样子又惹得她对我付出了所有的同情,于是,当我再次感知到她的善意时,我就再也无力抵挡了。就像上次我让她泪流满面一样,这一回我也哭了;她把我揽进慈母般的怀里,我的悲伤顿时泛滥成灾。"我不干啦!"我绝望地抽泣。"我不去救他们,保护他们啦!事情比我想象的要糟糕得多。他们的魂儿丢啦!"

第八章

我跟格罗斯太太说的全是实话。关于这件事，我在她眼前微言奥义，描摹种种可能，可我却下不了决心把真相搞个水落石出，所以当我们再次碰头时，我们都觉得不应该再这样天马行空地胡思乱想了。如果说我们手中别无他物，那我们至少得保持头脑清醒——鉴于我们所面对的一切，鉴于我们的不利处境，做到这一点确实很难，尽管如此，我们似乎还是对此毫无争议。那天深夜，整栋宅子里的人都睡了，我们俩又聚在我的房间里说话；她竭力与我一一核准，我确确实实"看见"了我看见的东西。我发觉，为了让她始终对此事全力以赴，我只能问她，但凡这些事真是我"杜撰"的，那么，对于每一个出现在我眼前的人，我均能勾勒描摹，连细节都不差毫厘，对于他们的相貌特征，我每谈及一处她都能立马认得出形迹，讲得出名堂，这究竟是怎么做到的呢？

当然，她巴不得——这倒也很难苛责她！——让整件事都沉落于谷底；我很快就向她保证，我自己对这件事的兴趣已经急剧变化，转而寻找逃脱其控制的途径。我和她热烈商定，鉴于幽魂还可能出现——我们都认为一定会——我应该对自己身处的险境习以为常；我明确表示，突然间，我已将自身安危置之度外。真正让我无法忍受的是我那新近生出的猜疑；不过，即便对于这个错综复杂的问题，我还是在之后的那几个小时里得到些许安慰的。

这是我第一次爆发，紧接着我便离开她，然后我当然回到了我的学生身边，让他们的魅力成为医治我抑郁的药方——我已经将其视为我能够积极培养的动力源泉，至今屡试不爽。换言之，我只是再度一头扎进弗洛拉营造的那种特殊的氛围里罢了——这简直是种奢侈的享受呢！——而且意识到她那敏感的小手能直接安抚痛处。怀着甜美的猜疑，她看着我的脸，怪我刚才"哭过"。我本来以为那些难看的痕迹已经给擦干净了；不过，在如此深挚不可限量的爱护下，我其实应该高兴——无论如何，在当时——才对，庆幸这些痕迹还好没有完全消失。设若凝视着孩子眼睛里那一抹深邃的蓝，将他们的可爱说成是一种早熟而狡黠的花招，那就是犯了愤世嫉俗的罪过，与之相比，我自然宁愿抛开我自己的判断，以及——截至目前似乎如此——我那烦躁不安的情绪。我不能仅仅因为这样想就放弃初衷，可我能够反复对格罗斯太太说——我确实这么做了，就在午夜时分，说了一遍又一遍——只要跟我们的小朋友在一起，只要空中回荡着他们的嗓音，只要他们紧靠在我们的胸口，只要他们散逸着芬芳的面庞紧贴着我们的脸颊，那么一切都无足轻重，只有他们的无助和美丽才揪心。不幸的是，无论如何，为了一劳永逸地解决这个问题，我也只能再度将那天下午湖边的种种微妙迹象一一列举，正是这些迹象促使我当时如有神助，镇定自若。不幸的是，我被迫回味彼时彼刻是否确凿，被迫重述我究竟是怎么会突然憬悟到，我无意中撞见的那种难以言喻的交流，对于她们两位而言，却是司空见惯的事。不幸的是，我得再次颤抖着表达出这样的意思：由于种种原因，在我自欺欺人的臆想中，我甚至没有深入探究那小姑娘确实看见了我们的不速之客——真切得如同我看到格罗斯太太本人，非但如此，她还竭力让我以为她没看见，同时不露痕迹地引导我怀疑自己有没有看错！不幸的是，我必须简明扼要地描述她为了转移我的注意力而搞的那些古怪的小花样——

动作明显增加，无论是嬉戏与歌唱，唧唧喳喳地胡言乱语，还是拉我一起玩耍，劲头都比以往更大。

然而，但凡我不是一心想通过这番回顾来证明其中并没有什么蹊跷，我就会错过两三条模糊不清但好歹让人宽慰的理由。比方说，若非如此，我就不会向我的朋友一口咬定——这真是大有好处——咬定我至少尚未露出破绽。若非如此，我就不会被紧迫的需求，被焦灼的情绪——我都不知道该怎么定义——推动，把我的同事逼得走投无路，指望因此而得到进一步的帮助，好让我茅塞顿开。在压力之下，她已经跟我讲了很多很多；然而，在整件事情的阴暗面上，有一个小小的、飘忽诡异的点，如同一只蝙蝠的翅膀，时而掠过我的眉头；我记得，就在此时——整幢房子已酣然入眠，而我们的彻夜守候就跟我们身处的险境一样，都弄得我们格外紧张，这样的气氛也许起了点作用——于是我意识到，最后使一下劲，彻底把窗帘挑开是多么重要。"我不相信会有如此可怕的东西，"我记得当时是这么说的，"不，让我们把话挑明了吧，亲爱的，我不相信。不过，假若我真的相信了，你知道，那我现在就需要做一件事，一丁点儿都不放过你——哦，一点儿都不，来！——把话都说出来。当初迈尔斯回来之前，他学校寄来的那封信弄得我们很难过，在我一再逼问之下，你说你不能装作认定他其实从来没有'劣迹'，你当时究竟是怎么想的？这几个礼拜，我本人一直跟他住在一起，如此切近地观察他，他确实，'从来'，没有什么劣迹啊；他一直都是一个沉稳冷静的小天才，讨人欢喜、惹人怜爱。所以说，如果你没有碰巧看见什么例外的话，你早就替他打包票啦。那么，你看见的这个例外是什么？还有，你指的，究竟是你从他身上观察到的哪一点呢？"

这个问题提得够直白，但鲁莽轻浮可不是我们的基调，无论如何，在苍白的曙光警告我们必须分开之前，我必须得到答案。到头来，我这位朋友的心事果然十分要紧。不多不少，她的心事恰恰就是：几个月前昆特和男孩确实曾形影不离。事实上，有足够的证据表明，格罗斯太太曾经大着胆子批评这样亲密的关系不够得体，有失身份，关于这个问题，她甚至直接向杰塞尔小姐挑明，要跟她开诚布公地谈谈。可是杰塞尔小姐对此却摆出一副孤高倨傲的姿态，要她管好自己的事情就行，而这个好女人一听这话，就直接去找小迈尔斯。至于她究竟跟他说了什么——既然我一再追问——原来是：她说她希望看到年轻的绅士不要忘记自己是什么身份。

我当然要乘胜追击。"你是提醒他昆特只是一个下等仆从吗?"

"跟你说的差不多!而他的回答,从某个方面讲,很糟糕。"

"那么从另一个方面讲呢?"我等了等,"他把你的话讲给昆特听了?"

"不,不是这个。这种事他不会干!"她的模样仍然让我印象深刻。"无论如何,我有把握,"她补充说,"他不会那么干。不过他否认发生过某些情况。"

"什么情况?"

"就是他们俩在一起厮混的那段日子,似乎他非但拿昆特当家庭教师,而且还当他是一个了不起的家庭教师——而杰塞尔小姐只是配给小姐的。他跟着这家伙乱跑,我是说,跟他在一起消磨时光。"

"那么他对这事支支吾吾啰——他说他没有?"她显然同意我的说法,于是我立马加了一句:"我懂了。他撒谎。"

"哦!"格罗斯太太咕咕哝哝。她的意思是此事无关紧要,接着她果然加上一句,给自己的说法加码。"你瞧,毕竟,杰塞尔小姐无所谓。她可没给他下什么禁令。"

我思忖着。"他有没有跟你说到这一点,好替自己辩护?"

一听这话,她又低下头。"没,他从来没说起这事儿。"

"从来没提过她和昆特之间的关系?"

看得出她的脸刷地红了,她明白我想把话头往哪里引。"哦,他没有流露出一丁点想法。他否认,"她反复说,"他否认。"

老天,瞧我把她逼成什么样了!"所以说,你能看出,他确实知道这两个无耻的家伙之间有点猫腻吧?"

"我不知道——我不知道!"可怜的女人哭起来。

"你知道,你这个好人儿,"我答道,"你只是不像我这样,胆子大得可怕罢了,你为人羞怯,谨小慎微,柔弱无助,以前也没有我帮你一把,只能在沉默中挣扎,这其中的大部分事情都让你暗自苦恼,而你甚至连这样的想法也只能藏在心里。可我现在还是要让你说出来!你从这男孩身上看出了一点蹊跷,"我接着说,"看出他装模作样地掩饰他们之间的关系。"

"哦，他不能阻止——"

"无法阻止你知道真相？我敢说是这样！可是，老天，"我激动地转着脑筋。"这就说明，他们肯定已经成功地'塑造'了他，到了那种程度！"

"啊，好歹现在没什么不体面的事儿啦！"格罗斯太太悲悲切切地哀求着。

"怪不得你会看起来那么古怪呢，"我执意往下说，"就是我跟你提到他学校里来的那封信的时候！"

"我倒怀疑我的样子未必有你那么古怪呢！"她平实而有力地反唇相讥。"如果他那时真的已经坏到那种地步，那么他现在怎么又成了一个天使？"

"对，确实如此——如果他在学校里真是一个魔鬼的话！怎么会，怎么会，怎么会？呃，"我难受地说，"这事儿你得再问我一次，尽管我可能好几天都没法告诉你原因。反正你得再来问我！"我嚷嚷的样子把我的朋友吓得瞪大了双眼。"有几条路，我眼下还不许自己往那里走。"与此同时，我又回到她举的第一个例子——就是她刚才提到的那个——那男孩若是偶有闪失，他会有办法欣然应对的。"你说起过那一次，你曾经告诫他昆特只是个下等仆从，我觉得

螺丝在拧紧 | 073

我已经猜到,迈尔斯的回话里会有这样一句:你自己也是个下等仆从啊。"再一次,她的认同是那么显而易见,于是我接着说:"他这样说你也原谅他了?"

"难道你会不原谅?"

"哦,会原谅!"说到这里,一片寂静中,我们此起彼伏地发出某种声音,其中饱含着最古怪的欢愉。接着我又说:"无论如何,当他跟那男人在一起——"

"弗洛拉小姐就跟那女人在一起。他们几个倒真是彼此合适啊!"

我觉得,这样对我倒也挺合适,简直太合适了;我的意思是,这事儿恰恰与那个要命的、我此刻正竭力让自己不去秉持的观点协调一致。不过,当时我终究还是忍住了,没把这个观点表达出来,此时此地,我不准备把话说得更明白了,只是对格罗斯太太提了一句我最终的看法。"他不仅说了谎,而且不讲礼数,我承认,这些劣迹比起我本来希望从你那里知道的事儿来——这个自然率性的小人儿如何爆发出内心的冲动——显得没那么扣人心弦。不过,"我若有所思,"但知道这些事肯定有好处,因为这样一来,我就比以往更意识到有必要好好看护他们。"

接下来，我的脸刷地红了，因为看着我朋友的表情，我知道她已经毫无保留地原谅了他，这一点远比她讲的故事更让我动容，她仿佛在要求我，无论如何也该心软才对。教室门口，她跟我告别时，表达得特别明显："你当然不会指责他——"

"指责他瞒着我跟人暗通款曲？啊，记住这句话吧，在更多的证据出现之前，我现在谁也不会指责。"接着，在关上门让她沿着另一条走廊回到自己房间之前，我的结束语是："我得等着。"

弗洛拉

第九章

我等啊等啊，时光在流逝，也在冲淡我的恐惧。事实上，几乎没有哪一天，我的学生曾长久离开我的视线，几乎没有哪一天，不曾冒出一件新鲜事，足以给那些痛苦的臆想，甚至给那些可憎的记忆，赋予某种如海绵刷过的效果。我说起过，他们那无与伦比、稚气未脱的优雅，能让人心醉神驰——而这种"心醉神驰"的感觉是我自己可以积极培养的，可以想象，如今我有没有忽略对这种资源的利用——它毫催生出镇痛舒心的香膏来呢。有一件诡异得无法言喻的事情——毫无疑问——就是我在拼命地与我的那些新发现作斗争。无论如何，但凡我不是频频在斗争中获胜的话，那我一定会更紧张。我一度颇为纳闷，这两个小家伙怎么会没猜疑我在琢磨那些与他们有关的蹊跷事呢；这些事情让他们备受关注，而这种状况本身可无助于将他们蒙在鼓里。我瑟瑟发抖，生怕他们看出自己比以往得到的关注要多得多。把事情往最坏处想，无论如何，当我照例沉思时，任何在他们天真无瑕的品性上笼罩阴云的念头——尽管他们是那么无辜，命中注定又是那么不幸——都会成为让人更想冒险的理由。有时候我发觉自己会出于一种无法抑制的冲动，追上他们，将他们紧紧抱在怀里。如此这般之后，我立时会犯疑："他们对这事儿怎么看？这样是不是流露太多了？"琢磨自己究竟露出了多少马脚，每念及此，我就会好生难过，心乱如麻；不过，我觉得，我之所以目前依旧能安然自得，真正的原因是：即便笼罩在"其中可能别有隐情"的阴影下，我的两个小伙伴的那种切近的魅力仍然是那么迷人。如果我突然想到，也许我偶尔会因为对他们的感情日渐强烈，终于喷薄而出，从而激发他们对我的猜疑，那么，我同样记得提醒自己，不能因为他们显然愈来愈多的表情达意，就在其中窥见什么疑点。

在这段时间里，他们狂热地、异乎寻常地喜欢我；我寻思，归根到底，这不过是孩子们对时常弯腰拥抱他们的人报以优雅的回应罢了。他们如此慷慨地向我表达敬意，确实让我的情绪松弛了下来，就好像我从来没有——我也许可以这么说——真正察觉到他们这样做别有意图似的。我想他们从来就不想替他们可怜的女监护人做那么多事情；我是指——尽管他们的功课确实越来越好，这一点自然最让她高兴——分散她的注意力，让她开心，让她惊喜；念几段书、讲几个故事给她听，比划着动作给她猜字谜，装扮成什么动物或者历史人物之类突然蹦出来。最让她吃惊的是，他们还会偷偷将一些"作品"烂熟于胸，滔滔不绝地背诵出来。我永远也弄不清个中缘由——即便现在我明明可以由着性子追根溯源——弄不清那些日子里，我为什么会对他们的一举一动都暗自评判且结论惊人，然后又对这些结论作出更隐秘的修正。从头开始，他们就向我显示出了一种凡事皆能胜任的本领，这种能力万试万灵，任凭学什么，只要一上手，总能进展显著。对于那些琐碎的课业，他们似乎是真心喜欢；他们晓得自己天赋超群，便由着性子炮制那些浑然天成的、彰显其非凡记忆力的小小奇迹。他们非但化装成老虎和罗马人的样子，还假扮什么莎士比亚、天文家和航海家，从哪里突然冒出来。这情形实在非同寻常，很可能与那件我至今找不到另外一种解释的事情密切相关：我指的是，关于要不要把迈尔斯转入另一所学校的问题上，我很沉得住气。我只记得，我当时决定暂时不去管这个问题，且为此怡然自得，之所以会怡然自得，肯定是因为他始终都展示出绝顶聪明的天分。他实在是太聪明了，哪怕是一个糟糕的家庭教师，一个牧师的女儿也不可能宠坏他；在我刚刚说到的这幅教人忧心忡忡的刺绣图中，那条即便不是最明亮也堪称最诡异的线，是我也许已经产生的这样一种印象——假如我胆敢将其彻底弄清的话——他那小小的精神生活被某种影响力操控着，对他构成巨大的刺激。

无论如何，假如说这样一个男孩会逃学还不难理解的话，那至少同样明显的是，这样一个男孩居然被一位校长"踢出校门"，便可以算是不解之谜了。我得补充一点，当时有他们相伴于左右——而且我总是小心翼翼，几乎不让自己离开他们——我没法发现太多线索。我们的生活被音乐、友爱、成功与自家演的戏剧所包围，仿如在其中腾云驾雾。两个孩子都有最为敏锐的乐感，不过哥哥别有一种捕捉并重复曲调的本事。教室里的钢琴会突然响起教人害怕的幻想曲；一曲既罢，角落里又会有谈笑声此起彼伏，然后他们俩会有一个人满怀高昂的情绪走出门去，这样一来，此人紧接着再"进来"时就能带上某种新意。我自己也有兄弟，所以小女孩对小哥哥的那种言听计从的崇拜，是不会让我大惊小怪的。有一点倒是无与伦比：世上竟会有一个小男孩对年纪、性别和智力都低他一等的人如此周到体贴。他们的步调格外一致，如果只是说他们俩从来就没吵过架，也不会互相抱怨，那这样的赞扬未免显得俗不可耐，配不上他们那甜美可人的本性。有时候，我或许真的（当我一不小心就俗不可耐的时候）撞见过他们俩之间的小小的默契，其中一个会缠着我忙这忙那，另一个就溜之大吉。我想，任凭他们使出怎样的交际手腕，里面总有稚气未脱的一面；话说回来，即便我的学生利用了我的弱点，那其中也一定没有什么丑恶之处。在一段短暂的宁静之后，在另一个层面上，丑恶的事情终于爆发了。

我发觉自己下笔甚为踌躇；可是我必须奋身一跃，写下那些可怕的事情。设若把布莱庄园那些丑事继续往下写，我非但要挑战那些哪怕是最不严苛的信仰——对此我倒并不介怀；而且（不过这又是另一回事了）我还得把那些曾经受过的苦重新经历一番，再度走上那条可怕的路，直至终点。那个时刻是猝然而至的，而今回首，我发觉在此之后，事情对我而言就成了纯粹的折磨；不过至少我已经抵达故事的核心部分，最直接的出路无疑就是继续前行。某天傍晚——此前既无征兆亦无铺陈——我只觉得初到此地时曾体验过的那种凉意再度袭来，不过比那会儿要强烈得多，假若我此后的生活没有那么多狂躁不安，也许当时的情状在我记忆里就会显得平淡无奇。当时我还没上床；我坐着，借着几支蜡烛的光看书。布莱庄园里有整整一屋子旧书——有些是上世纪的小说，它们显然沾着点儿受人非议的声名，却还不至于到打入另册的地步，这些书当年给归拢到这个隐居之处，吸引着我年轻时代那不为人知的好奇心。我记得当时我握在手里的书是菲尔丁的《艾米利亚》①；而且当时我完全醒着。再回忆得深入一点，我确信，当时夜已极深，但我很不乐意看表。我终于想起当时白色床幔垂落在——那些年时兴这样——弗洛拉小床的床头，正像我很久以前就认定的那样，也遮盖住了酣眠中的孩子那完美无瑕的容颜。简而言之，我记得虽然当时被那位作家深深吸引，却在翻过一页时，发觉作家的魔力烟消云散，我的目光径直离开他，紧紧盯住房门。有那么一小会儿，我一边听一边依稀联想到初抵庄园的那天晚上，

---

① 亨利·菲尔丁 1751 年的作品，是他第四部也是最后一部小说，以已婚妇女艾米利亚的遭遇为主线，是部相当感伤的作品。

宅子里有某种难以描摹的躁动,我还注意到敞开的窗户透进丝丝微风,撩动落下一半的百叶窗。接着,我以十二万分的淡定自若——但凡一旁有人观赏,我这番表演定能出彩——放下书本,站起身,拿起一支蜡烛,径直走出房门,烛光在过道上照不见多少地方,我就在过道上无声地关好门,上好锁。

如今我说不出当时到底什么让我下定决心,也说不出有什么引导着我,我笔直地沿着大厅走,手里高举着蜡烛,直到视野里出现那个硕大的楼梯拐角上方的落地窗为止。就在此时我突然发觉自己意识到了三件事。它们其实是同时发生的,看起来却像是连续闪过。我的蜡烛,猛地晃了晃,灭了,透过那扇没拉帘子的窗户,我看见柔和的曙光初现,蜡烛也就显得没那么必要了。紧接着,不用凭借烛光,我就发觉楼梯上有个人影。我的叙述有先有后,其实那会儿我根本就不需要一丁点儿时间准备,就已经僵直立在那里,第三次与昆特相逢了。幽灵已经来到楼梯半高处的平台上,因此占据了离窗户最近的地方,在那里,它看见了我,于是骤然停住脚步,而且,就像在塔楼上、在花园里那样,他又把我定住了。他认识我,正如我认识他;所以,在冷冽的熹微的晨光中，借着落地窗透进来的一线微光和下面橡木楼梯上的反光，我们以同样凌厉的目光对视。此时此刻，他的形象绝对堪称栩栩如生，让人觉得既讨厌又危险。不过那还不能算是"奇观中的奇观"；我得把这个名号用在另一个场景里：在那个场景中，我已经全然不知恐惧为何物，我心里没有一丁点儿不敢迎击他，不敢跟他较量的意思。

在那个非同寻常的时刻之后，我深感痛楚，可是，感谢上帝，我没有恐惧。而且他知道我没有——在那一瞬间临近尾声时我也发觉自己高兴地意识到了这一点。我心头猛地涌起一股自信，我觉得只要我在原地站上一分钟——至少一分钟——那么我就用不着再跟他勾心斗角了；于是，在那一分钟里，这家伙不仅看起来像个大活人，而且显得那么可怕，我就像是亲临一次真实的会面：说他可怕，就是因为它确实像个大活人，宛若一个于凌晨时分在一栋酣眠的宅邸中与我私会的活人，一个敌人，一个冒险家，一个罪犯。在一片死寂中，我们近在咫尺，久久凝视，成为整个恐怖局面——尽管这种恐怖的程度相当惊人——中惟一不太自然的音符。如果我在这样的时间、这样的地点撞上一个杀人犯，我们至少会开口说话。在现实生活中，我们之间会发生点什么事；

如果什么事也没发生，那我们俩会有人走动。那一刻拖得如此漫长，以至于我几乎马上就要怀疑自己是否还活在人间。我无法表述此后究竟发生了什么，只能说沉默本身——它的确在某种程度上证明了我的力量能有多大——渐渐成了某种意境，我眼看着那人影就消失在这意境中；我的的确确看见它转过身，就好像这幽魂回到了生前，又成了卑微的下人，听到一声命令便转身走开，我的双眼紧盯着这恶棍的背影，再也没有哪个驼背会比他更丑陋了，他径直下楼，下一个拐角处便是一团漆黑，他就消失在那里。

第十章

我站在楼梯顶端,不过此时我已经反应过来,我的客人走了;于是我回到自己的房间。借着我刚才留在那里的烛光,我目击的第一件事就是:弗洛拉的小床上空了;这一幕让我吓得顿时屏住了呼吸,而就在五分钟前,我还能抵挡这样的恐惧呢。我冲到先前我见到她躺着的地方,只见那里——小小的丝绸床罩和床单都乱作一团——白色的床幔被人往前拉过,颇具欺骗性;接着,我的脚步声引来了一声回响,这让我心里骤然涌起一种说不出的轻松:我注意到,百叶窗那边有一阵响动,那孩子正猫着腰,兴致盎然地从另一头冒出来。她站在那里,那么坦然,身上穿的睡衣又是那么单薄,光着粉红色的小脚,金色的鬈发闪闪发光。她看起来好生严肃,一开口便责备我:"你这淘气鬼,你去哪里了呀?"一听这话,我生平第一次体会到了那种"明明形势占优,转眼化为乌有"的感觉(当我以为自己占尽优势时,是多么兴奋啊)。我没有反问她本人为何不守规矩,反倒不由自主地接受着诘难,尝试着辩白。而她自己呢,关于刚才的事儿,说得轻描淡写,语气却是极可爱极热烈的。她说刚才还躺在那里呢,突然察觉我在屋外,便一跃而起,要来看看我出了什么事。看到她再次露面我毕竟心头一喜,扑腾一下坐回到椅子上,那一刻——也惟有在那一刻——我觉得有点儿晕;而她疾步向我直冲过来,一下子扑到我膝盖上,烛光满满地罩住她那漂亮的、因为刚从睡梦中醒来而显得红扑扑的小脸蛋。我记得当时有那么一瞬间,我顺从地、有意识地闭上眼睛,仿佛为了抵挡她那一抹幽蓝于闪烁之间溢出太多美丽的光彩。"你朝窗外看是在找我吗?"我说。"你以为我也许是在园子里散步?"

"哦,你知道,我以为有什么人在"——她微笑着对我说出这番话时,脸色一点儿都没发白。

哦,那一刻我是在用怎样的眼光看她呀!"那你看到什么人了吗?"

"啊,没!"她回答的时候几乎带着点儿怨恨(她当然有稚气未脱、说话不合逻辑的特权),不过在她慢吞吞地否认的语气里也含着某种悠长的甜美。

　　此时此刻，处于当时的精神状态，我绝对相信她说了谎，其实，但凡我再次闭上双眼，眼前就会浮现三四种可能性，都可以解释这件事。其中有一种可能对我的诱惑异常强烈，以至于为了抵挡它，我不得不一把抓住我的小姑娘，身子不由跟着一阵痉挛，好在她顺从了，既没有喊出声，也没有流露出一丁点恐惧。为什么不冲着她当场爆发，把事情彻底了结呢？——为什么不当着她那招人怜爱、容光焕发的小脸，直接跟她说个明白？"你瞧，你瞧，你明明知道你看见了，而且你已经猜到了我相信这一点；既然如此，为什么不跟我说实话呢？这样也许我们至少还能一起面对它，也许在体味我们的命运是何等奇特的同时，能搞懂我们究竟落到怎样的境地，这件事究竟意味着什么。"唉，这恳求正要出口，到底还是忍住了：假如我当时能马上顺口说出来，也许我早就解脱了——呃，你以后会明白我的意思。当时我并没有一吐为快，反而猛地又站起身，看着她的床，徒劳地走了条折中之道。"你为什么要把床幔拉下来把这里给遮住，让我以为你还在那里呢？"

　　看得出来，弗洛拉琢磨了一会儿，然后她展开那稚气

我应该让她在夜里独自待着

的、圣洁的微笑:"因为我不想吓着你!"

"可是,如果我真的,按你想的那样,出过门呢——?"

她压根就不愿生疑;她将视线转向烛火,仿佛那问题就像马塞特太太①或者"九九八十一"那样无足轻重,那样不痛不痒。"哦,可是你知道,"她的理由颇为充分,"你会回来的,亲爱的,你也确实回来了!"过了一会儿,等她上了床,我有好长一段时间就紧挨在她身边坐着,握着她的手,表示我充分意识到我回来是一件多么要紧的事。

从那一刻起,你可以想见每天入夜我都会陷入怎样的境况。我不眠不休地守夜,不晓得守到什么时辰才迷糊过去;我专挑屋里那位同伴确乎酣然入眠时,才偷偷跑出去,悄无声息地在走廊里转几个弯。我甚至一直跑到上回碰见昆特的那个地方。然而,我再也没有在那里见到他,同时我可以说,我再也没有机会在宅子里见到他。不过,我在楼梯上错过了另一场冒险。有一回,我从楼顶上往下看,发现有个女人坐在较低的一级台阶上,背对着我,身子半弓着,头悲伤

---

① 指简·马塞特(1769—1858),她写过一系列课本,涉及各种学科知识,通篇都以孩子与长者之间闲聊的形式展开。

地埋在双手间。可是，我在那里刚待了一小会儿，她就没了踪影，都没回头看我一眼。尽管如此，我还是很清楚，她必定会露出一张怎样可怕的脸；而且我颇为怀疑，假如我不是站在楼上而是在楼下，那么我还会不会表现得与上回面对昆特时同样勇敢，径直往上走。好吧，看样子还会有很多场合需要我拿出勇气来。在我遭遇那位先生之后的第十一个夜晚——如今我给每一天都编了号——我被岌岌可危的险境吓了一大跳，说真的，因为事情完全出乎意料，所以我受惊的程度几乎达到极限。在这段时间里，因为守夜守得精疲力竭，那一晚我第一次觉得应该可以按照以前的作息时间躺下睡觉，只要不放松警惕就是。我一下子就睡着了，后来我才知道这一觉一直睡到一点钟；然而，我一醒便醒得彻底，直挺挺地坐起来，就好像刚才有一只手摇过我似的。睡前我留着一支蜡烛未灭，此刻它却熄灭了，我顿时认定，那是弗洛拉干的。一想到这里，我腾地站起身，摸黑直奔她床边，她已经走了。我朝窗户那边瞥了一眼，心里愈发明白，再划一根火柴，整个画面都清晰了。

那孩子又起床了——这一回她先是吹灭了蜡烛，然后又跟上次一样，或是想要观察什么，或是想要对什么做出回应,挤到窗帘后面,窥视外面的黑夜。我颇为满意地发现,此刻她看到了上回没看到的东西——我之所以能拿得准这一点,是因为,不管是我重新点燃蜡烛还是匆忙穿上拖鞋、罩上衣服,她对这些响动都浑然不觉。她把自己藏起来,护起来,那么全神贯注,她显然是倚在窗台上——窗子向外开——让她暴露无遗。寂静而硕大的月亮帮她照明,而我也飞快地考虑到了这一点。她正跟那个我们在湖边遭遇的幽灵面面相觑,当初她无法跟它交流,而眼下却做得到。在我看来,我必须小心的是别吓着她,我得悄悄地穿过走廊,走到另一扇也对着同一区域的窗户。我走到门口时,她还是没听见我的声音;我走出门,关上门,在门的另一侧听她发出的声音。我站在过道里,看到她哥哥的房门,只有十步之遥,而且,无可名状,这道门竟然让我心头再度生出某种诡异的冲动,近来我将它称为"诱吾之饵"。假如我径直闯进去,大步走到他的窗口,会怎样?——假如,冒着泄露我的动机、让稚气未脱的他困惑不解的风险,我在探求其余的谜底时抛开长久以来对自己的鲁莽冲动的压制,又会怎样呢?

这念头足以让我在跨过他的门槛时再度踌躇。我以一种超乎自然的态度聆听着;我暗自寻思会出现怎样的不祥事件；我在猜疑他的床是不是也空着，他是不是也在偷偷地守望。这一分钟过得深沉而静默，末了我的冲动败下阵来。他很安静；他也许是无辜的；冒这种险太可怕了；我转过身。庭园里有个影子在悄然潜行，目标明确，弗洛拉就在忙着应付这位客人；但这并不是那位与我们的小少爷过从甚密的客人。我又踌躇起来，不过这回是出于别的原因，而且只踌躇了几秒钟；然后我做出了决定。布莱庄园有的是空屋子，问题只在于选哪间最合适。我突然回过神来，其实下面那间最合适——不过在那个位置还是能俯瞰花园——就在我以前祢之为"古塔"的那座房子里的那个坚固密实的角落里。这是个四四方方的大房间，布置成卧室的样子，不过它实在大得离谱，用起来颇为不便，所以多年来，尽管格罗斯太太把它收拾得堪为典范，却从来没有人用过。我常常对这间屋子赞赏有加，也知道怎么走过去 屋子长久废弃不用，难免刚进去时会袭来一阵阴郁的寒意。我只是略略犹豫了一下，就穿过房间，静静地拔掉其中一扇百叶窗的插销。这些事情做完之后，我无声地拉开挡住玻璃的帘子，将脸贴在玻璃上，尽管窗外并不比屋里亮很多，我还是能看见自己找对了方向。接着，我看到了更多的东西。月光下的夜幕变得那么容易穿透，在我眼前勾勒出草坪上的人影，远远看去显得很小，那人影一动不动地站着，一副中了蛊迷了心窍的样子，抬起头望向我露面的地方，其实，与其说他在直视我，还不如讲他是在看着明显居于我上方的什么东西。我上面显然有另一个人——塔上有个人；然而，出现在草坪上的人完全出乎我的意料，他并不是我满以为且急于见到的那个人。出现在草坪上的人——我认出来的时候难过极了——就是可怜的小迈尔斯本人。

月光下的迈尔斯

第十一章

直到第二天晚些时候，我才跟格罗斯太太搭上话；我一直竭力让两个学生不离开我的视线，所以常常很难跟她私下里碰头；我们俩都觉得，无论是对仆人还是对孩子，关键是不能引起他们的怀疑，不要让他们暗自恐慌，私下讨论这些蹊跷事儿，这就使得我们的会面愈发不易。她表面上波澜不惊，这一点给我带来莫大的安全感。别人从她神采奕奕的脸上看不出一丁点我透露给她的可怕的秘密。她相信我，这一点我完全有把握：如果她不相信，我不知道我会怎么样，因为这样的压力我是无法独自承受的。话说回来，她委实可算是一座由于欠缺想象力而大享其福的丰碑，假若她在我们照管的这两位小主人身上，除了漂亮与可爱、快乐与聪慧，看不到别的东西，那么就说明她与我那烦恼的根源之间，并没有什么直接的交流。但凡他们以前受过显而易见的摧残或打击，那她一定会寻根究底，不屈不挠地跟对手较量一番；然而，照眼下的情形看，我能够感觉到，当她交抱起白皙丰满的双臂看着他们，眼神里照例充溢着安详宁静时，她在感谢主的仁慈，即便孩子们实际上已经给毁了，好歹留着躯壳的碎片也是有用的。在她心里，天马行空的想象被一道稳定实在的壁炉的火光取而代之，而且我已经开始觉察到，因为她越来越相信——既然这些日子里并没在众目睽睽之下出过什么意外——我们的两个小宝贝儿毕竟还是能照顾好自己的，所以她最大的担忧倒是转到了我这位代理监护人可怜兮兮的状况上。对我而言，这样倒是让问题大大简化了：我只要竭力让世人从我的脸上看不出任何故事就行了，反过来，在这种情形之下，假若我还得为她的状态担心，那就会大大加重我的忧虑。

就在我刚才提到的那个时刻，她是顶着压力在露台上跟我碰面的，在那里，由于夏季将逝，午后的阳光已变得和煦而宜人；我们坐在一起，眼前稍远处——不过只要我们想叫一声，他们都听得到——孩子们在自己最熟悉的小树林里逛来逛去。在我们楼下的草坪上，他们慢悠悠地走动着，步调一致，他们一边走，男孩一边在大声朗读着故事书，同时用一只胳膊揽住妖妹,一直不放开。格罗斯太太看着他们,目光明显是温和沉静的;接着,我发觉,当她全神贯注地转过身,听凭我将这幅美丽挂毯的背面展示给她看时,她那被压抑的心智只是勉勉强强地敷衍着。我把她当成了盛放各种骇人听闻之事的容器,不过,她之所以在我的痛苦重压下仍然保持耐心,是因为她古怪地认定,无论是就个人能力还是起到的作用而言,我都高出一筹。她乐意听取我的种种发现,就好像,哪怕我想调制一剂"巫婆汤",只要踌躇满志地提出要求,她也会端出一只干净的大锅子来。在此之前她已经彻底抱定了这样的态度,眼下同样如此,她听我独自描述昨天夜里出的乱子,讲到在那个恐怖的时刻,我看见迈尔斯几乎就站在他此刻所在的地方,讲到后来我下楼去把他带进屋来,然后他跟我说了什么话;当时,我宁愿如此处理而不肯惹出更多的动静来,实在是因为很不乐意惊扰阖府老小。把他带进屋里以后,这孩子真可谓灵光四溢,直面我最后的清晰有力的质疑,我颇想将我当时的感受在她面前再现出来(尽管她对他确实相当同情),而她对我的这番意愿也几乎深信不疑。当时我刚刚在月光下的露台上出现,他就径直向我跑过来;在那里,我一言不发地抓住他的一只手,领着他穿过一块块漆黑的地盘,沿着那段昆特曾在其中如饥似渴地徘徊、守候过他的楼梯,沿着我曾经在其中聆听、颤抖过的走廊,回到那个被他刚才弃之而去的房间。

一路上,我们谁也没吱声,我想知道——哦,我是多么想知道啊!——他那小小的可怕的脑瓜里是不是在偷偷寻思着什么能够糊弄得过去却也不至于显得太古怪的理由。他当然为此挖空了心思,而这一回,我能感觉到,面对他这般确凿无疑的难堪局面,我心里涌起一阵莫名其妙的宛若凯旋般的激动。对于一个截至目前玩得相当成功的游戏而言,这可是一个要命的陷阱。他再也不能游刃有余地玩下去了,也不能佯装如此;那么,他该如何应付这场困局,赢下决胜局呢?事实上,在我心里,于一片静默中冒出了一个同样让我的心狂跳不已的问题:我该怎样赢得决胜局呢?我终于要面对此前从未体验过的那种风险的全部含义了,甚至到现在,提起这种风险仍然会奏响我自己心里的那个可怕的音符。事实上,我记得,当我们俩推门走进他那间小小的卧室,看到那张当晚压根就没有人睡过的床,月光直接照进没遮没拦的窗子,将屋里照得格外清晰,没必要划什么火柴了——我记得当时我是怎样在刹那间崩塌,瘫坐在床边,只因为被那一闪念当头击倒:他肯定知道用什么办法能实实在在地——按他们的说法——将我"拿下"。凭借他那股子聪明劲,他可以为所欲为,只要我继续遵从那种古老的传统——凡是受命看管小主人的监护人,只要推行迷信活动或者屈从于恐惧,那就会被判定有罪。他确实把我给"拿下"了,将我逼得进退两难;假如,类似于一段序曲中最微弱的战栗,我第一个将如此阴郁不祥的特质引入我们完美无瑕的关系中,那谁会宽恕我,谁会赞同我不该上绞架呢?不,不:试着与格罗斯太太沟通是无济于事的,就好像,在这里,我若是提起我们摸黑展开的那场短暂而执拗的冲突中,他是如何让我钦佩得几乎发抖,恐怕也同样无济于事。我当然满怀着善意与怜悯;我搁在他小小肩膀上的双手从来没有这般温存体贴过,我倚在床上,冲着他"开火"。当时我别无选择,但至少得走走形式,向他发难。

"你现在必须告诉我———一切真相。你为什么要出门?你在那里干什么?"

当时他的模样至今仍历历在目,那迷人的笑容,俊俏双眸的眼白,以及露出的一口白牙,在拂晓时分让我眼前一亮。"如果我告诉你为了什么,你能理解吗?"一听此话,我的心便跳到了嗓子眼。他会告诉我原因吗？我发觉我的唇边发不出什么声音来逼问，我意识到，我只是在含含糊糊、反反复复、愁眉苦脸地点头而已。他照例温文有礼，在我冲着他摇头晃脑的当口，他站在那里，比平日愈发像个童话小王子。千真万确，正是他的明朗神采给了我一道缓刑。如果他真的能向我和盘托出，那不是再好不过的事吗？"好吧，"他终于开口，"我就是为了让你这样呀。"

"怎样？"

"觉得我——换个花样嘛——变坏啦！"我永远也不会忘记他说出这话时的那副甜美而欢乐的样子，也不会忘记紧接着，他弯下腰亲了亲我。一切确实到此结束。我迎上他的亲吻，把他揽在怀里足有一分钟，使出浑身解数才没哭出来。他确实已经拿出了他自己的解释，根本不容我再穷追不舍，只是为了表明我已经接受了他的说法，我很快扫视了整个房间，终于能说出话来：

"那么你根本就没脱过衣服吧？"

他在暗处熠熠闪光。"根本就没脱。我一直坐着看书。"

"那你几时下楼的？"

"半夜里。我坏的时候就是那么坏!"

"我明白,我明白——真迷人。可是你为什么认定我会知道这件事呢?"

"哦,我跟弗洛拉安排好的。"他的回答随即响起,显然是有备而来!"她负责起床往外张望。"

"而她也确实这么干了。"原来掉进陷阱的人是我!

"这样一来她就把你给惊醒了,于是你就起来看她在看什么,你也看了——你看见了。"

"而你,"我接口道,"半夜待在外面非感冒不可!"

这番"英勇事迹"确实让他好生得意,以至于可以做到对我的说法兴高采烈地照单全收。"若非如此,我怎么才能算够坏呢?"他问道。接着,我们又拥抱了一次,这个事件和我们之间的对话就此告终,末了,从他的这句玩笑里,我看得出,他身上储藏着多少得天独厚的条件,可以让他用之不竭。

第十二章

事实证明,我对此事的观感,一到早晨的日光下(我得重申这一点),就无法让格罗斯太太充分领会,尽管我为了强调,还特意提到他在我们分手前还说了另一句话。"那总共也就几个字而已,"我告诉她,"但这几个字可真是一锤定音。'想想吧,我还会做什么!'他扔给我这几个字,就是为了给我瞧瞧他有多少能耐。他完全清楚他'还会做什么'。他在学校里就是这么向他们显摆的。"

"上帝呀,你真的变了!"我的朋友嚷起来。

"我没变——我只是想明白了。那四个人,没错,一直在碰面。如果在最近这几个晚上,你有哪天跟随便哪个孩子一起过,你就会彻底明白我的意思。我观察得越多,守候得越久,我就越发觉得,即便没有别的确凿证据,每个孩子始终步步为营地保持沉默也足够说明问题了。他们从来就没说漏过嘴，话里话外从来就没有一丁点提到过他们的老朋友，正如迈尔斯也绝口不提他被学校开除的事儿。哦，对，我们可以坐在这里看着他们，而他们可以在那里尽情地演给我们看；然而，即便装作陶醉在童话里的时候，他们其实也正沉溺于死人复生的幻象中。他并不是在念书给她听，"我断言："他们正在谈论他们——他们在谈论可怕的事情！我得追下去，我知道，我就像是疯了似的；我没发疯真是个奇迹。你若是看到了我亲眼所见的事情，你会疯；不过这件事只是让我愈发清醒，还让我抓住了别的问题。"

我的清醒看起来一定很可怕，不过既然我如此清醒，那两个迷人的小家伙就逃不过我的审视洞察，他们来回穿梭，甜甜蜜蜜地相依相偎，这一幕让我的同事有了可以抓牢的依靠；我感觉到她是抓得那么紧，无论我的气息里透着多么澎湃的激情，她都岿然不动，依然在用自己的眼光打量着他们。"你抓住了别的什么问题？"

"哦，就是那些曾经让我兴奋着迷的东西，然而，奇怪的是，我现在发现，在内心深处，这些东西也让我困惑不安。他们那超凡脱俗的美貌，那简直可算矫揉造作的良善。这是一场游戏，"我接着说："这是一种策略，一种诈骗！"

"是说小宝贝这边——?"

"到现在你还觉得他们只是小宝贝吗?是啊,这样说看起来就像疯了一样!"这话一经出口,倒真的帮了我一把,这下我可以顺着这思路想下去了——一切都能追根溯源,线索都能拼合在一起。"他们并非一直都乖——他们只是一向心不在焉。跟他们一起生活很轻松,因为他们压根就按照自己的方式生活。他们不属于我——他们不属于我们。他们属于他,他们属于她!"

"属于昆特和那个女人?"

"是昆特和那个女人。他们想要跟他们在一起。"

哦,一听这话,可怜的格罗斯太太用怎样的目光打量了他们一眼啊!"可是为什么呢?"

"为了对所有邪恶事物的迷恋,在那些可怕的日子里,那一对把这些思想灌输到他们的脑子里。而且,为了让他们依旧跟邪恶沆瀣一气,为了让魔鬼们一直有事情可以忙活,其他那些玩意就跟着来了。"

"天哪!"我的朋友低声说。她这般大呼小叫也算家常便饭,不过这说明她真正接受了我的进一步证据,说明以前在糟糕的日子里——因为以前有过比眼下更糟糕的时候——

肯定出过什么事。无论我觉得那两个流氓的堕落到了怎样不可思议的程度,她都出于自己的经验表示了赞同,对我而言,没有什么理由能比这一点更说明问题了。过了一会儿,显然是因为想起了什么,她说:"他们过去是恶棍!可他们现在还能干什么呢?"

"干什么?"我重复了一句,声音如此之大,以至于正在远处走的迈尔斯和弗洛拉都停下了脚步,朝我们这里看。"他们干得还不够吗?"我放低声音问道,而那两个孩子先是微笑,再是点头,朝我们这边飞吻,然后又开始他们的表演。我们被他们吸引了好一会儿,然后我答道:"他们会把孩子给毁了!"听到这句话,我的同伴确实转过了身,可她的哀求是无声的,反而促使我表达得愈加清晰。"他们到现在都不知道该怎么做——可是他们在竭力尝试。似乎只有在那些奇怪的地方,在高处才会看见他们——塔顶上方,屋顶上方,窗外,池塘对岸;不过,两边都在苦心孤诣,想缩短距离,克服障碍:因此对那两个来勾引的家伙而言,成功只是时间问题。他们只需要时时让人觉得危险就行了。"

"是冲着孩子来的?"

"然后让他们在种种尝试中送命!"格罗斯太太慢吞吞

彼得·昆特

地站起身,我不依不饶地加了一句:"当然,除非,我们能阻止!"

她站在我面前,我却仍然坐着,她显然在反复琢磨这件事。"阻止的事儿必须让他们的伯父来干。他得把他们带走。"

"那谁能让他这么干?"

此前她的目光一直投向远方,不过现在她带着一脸傻乎乎的表情低下头来看我。"你,小姐。"

"让我给他写信,说他的宅子遭到荼毒,他的侄子侄女都疯了?"

"可是,如果他们确实疯了呢,小姐?"

"那你的意思就是,如果我本人也疯了呢?那可真是个绝妙的消息啊,送信的是一个对他的信任甘之如饴、主要职责就是不给他添一丁点麻烦的人。"

格罗斯太太略加思忖,眼光又跟着孩子转起来。"没错,他确实讨厌惹麻烦。那是个重要原因——"

"这就是那些妖魔鬼怪能哄骗他那么久的原因吗?毫无疑问,不过他的冷漠肯定很可怕。我可不是什么妖魔鬼怪,无论如何,我也不该欺骗他。"

过了一会儿，像是准备一锤定音似的，我的同伴又坐下来，抓住我的胳膊。"不管怎么说，让他到你身边来。"

我瞪大眼睛。"到我身边？"我突然害怕起她可能做出什么事来。"他？"

"他应该在这里——他应该来帮忙。"

我突然站起身，我想我展现在她眼前的表情一定比以往都古怪。"你看我有请他来的意思吗？"没有，她双眼盯着我的脸，她显然看出我不会这么做。非但如此——女人总是能读懂另一个女人——她还能看出我自己看到的东西：他的讽刺，他的嘲笑，他的蔑视，针对我因为无法独当一面只能被迫辞职时的崩溃模样，针对我煞费苦心地布局只为了吸引他注意我那点微不足道的魅力。她不知道——没人知道——我能为他所用，能坚持执行我们的协议是多么自豪；不过我觉得她还是掂量出我此刻给她的警告是什么分量："如果你胆敢失去理智到那种地步，为了我去请求他——"

她真的吓坏了。"那会怎样，小姐？"

"那我就走，当场离开，离开他和你。"

第十三章

跟他们相处还算愉快,可是跟他们说话却像以往一样让我力不从心——在"短兵相接"时,困难就跟以前一样,根本克服不了。这种情形持续了一个月,大有愈演愈烈之势,而且首当其冲的是,两个学生言语间分明还带着那么点讽刺的意味,越来越尖锐。直到今天,我仍然和当初一样确信,这决不仅仅是我那见鬼的想象力在作怪:一切绝对有迹可循,他们意识到了我的困境,意识到时间一长,这种奇怪的关系在某种程度上造就了我们生活的日常气氛。我并不是说他们虚情假意或者干了什么鄙俗的事儿,因为那并不是他们的危险所在:我真正想说的是另一方面,我们之间那些未曾命名、无法触碰的东西已经压倒了别的事儿,以至于如果没有心照不宣地周详筹划,就无法成功地避开它们。这情形就好像,时不时地,我们总会看到某些必须在它们跟前猝然停步的东西，或者突然察觉到我们走的是死胡同，于是从那里转出来，又或者，就好像有些门打开时过于鲁莽，关上去又砰然作响——跟所有乒乒乓乓的声响大同小异，总是比我们预想的动静要大一点——让我们不由面面相觑。条条大路通罗马，有时候我们会突然意识到，几乎每一门功课，每一个话题都是在沿着禁区走。所谓禁区，就是人能不能死而复生的问题，特别是小孩子们亡故的朋友，他们身上会不会有什么还能在记忆中存活。有那么几天，我可以发誓，一个孩子用手肘做了个很难察觉的小动作，同时对另一个孩子说"她以为这回能做那件事了——可她休想！"所谓的"做那件事"，指的是由着自己的性子，比方说——有一回——直接提到那位教会他们如何来对付我的规训的女士。他们总是兴高采烈、无休无止地打听我个人历史上的种种片段，于是我一次又一次地拿出这些材料来"款待"他们；但凡是在我身上发生过的事儿，他们桩桩件件了如指掌，那些我最微不足道的冒险经历，我兄弟姐妹、家养的猫猫狗狗的轶事，诸多关于我父亲乖张秉性的细节，我们房子里的家具和陈设，村里老太太的闲聊，连同这些事儿发生的环境，他们也都清楚得很。有的是事情可以嚼舌头，从这件扯到那件，只要能说得飞快,而且凭着直觉知道说到哪里的时候得绕个弯子。他们自己也有一种本事,能牵动、调遣我的杜撰与回忆;日后,当我想起这些场景,也许没有什么会比这一点更让我心生疑窦,我怀疑当时我是被他们暗中观察着。只有说到我的生活,我的过去和我的朋友,我们才能畅所欲言;说到这些事,有时候他们会突然冒出几句讨人喜欢的提醒,内容并无关联。他们会请我——看不出有什么缘由——重复一遍戈斯林婆婆的妙语,要不就是确认一下之前讲过的教区牧师家的那匹马驹如何聪明伶俐的细节。

有时候是在这样的节骨眼,有时候则在全然不同的情境中,随着我的事情出现种种变化,我所谓的"困境"变得显而易见。好几天过去了,我没再撞上鬼,我本来似乎应该为此松一口气才对。自从第二晚在楼顶平台上看到一个女人站在楼梯脚下之后,无论是在屋里还是屋外,我都没再见到什么最好别让人看见的东西。有好多回经过某个转角,我都以为会碰上昆特,在好多种情境下,我都生出不祥之感,觉得杰塞尔小姐可能会出现。夏季已转换,夏季已消逝;秋天降临布莱庄园,一半日光随风飘散。此地天色灰暗,花环凋敝,举目荒芜,枯叶飘零,宛若一座散场后的剧院——处处撒满揉皱的戏单。充盈于空气中的氛围，种种音响与寂静的交替，以及那种无可言传的对某种仿佛主宰众生的时刻的感知，它们确实让我回想起——这念头长得足以让我抓住它——六月的那个傍晚，我在屋外初次看见昆特时内心油然而生的情绪，还有那些别的时刻，比如当我透过玻璃窗看见他之后，徒劳地在周围的灌木丛中寻找他时，也有过这样的感觉。我认出了这些信号，这些不祥之兆——我认出了斯时斯地。不过，它们始终孤立存在，虚空无依，而我也仍然没有受到侵扰；如果"没有受到侵扰"能拿来形容一个敏感程度非但没有降低反而愈见加深（以最为特殊的方式）的年轻女子的话。我和格罗斯太太谈起弗洛拉在湖边的骇人遭遇时曾说过——我这番说辞让她大惑不解——从那一刻起，对我而言，失去这种感知能力会比始终拥有它痛苦得多。我还表达了一个鲜明强烈的念头：不管孩子们是不是真的看见——因为迄今都没有确凿的证据——我都宁愿像一名卫士那样让我自己在幽灵面前暴露无遗。我时刻准备着知晓那件必将为人所知的最可怕的事。当时我最不想看到的情形是，我的双眼被蒙蔽，而他们的眼睛却睁得大大的。好吧，目前看来，我的双眼似乎真的被蒙蔽——这本该是一桩美事，如果不因此而感谢上帝，似乎就有渎神之嫌。唉，这其中有一个难处：但凡我对学生的那桩秘密没有分寸合宜的把握，我本来确实应该全心全意地感谢上帝。

时至今日，我该如何追溯当时是怎样诡异地一步步着魔的？我们在一起的时候，我时常觉得自己真的敢发誓，有几个孩子既认识又欢迎的客人就当着我的面来过，只不过当时我的直感闭塞罢了。要不是我害怕万一这样做造成的伤害反而比避而不谈更严重，我就会兴奋起来。"他们在这里，他们在这里，你们这两个小坏蛋，"我会这样嚷嚷，"你们现在赖不掉了！"当时，两个小坏蛋显得比平时更温顺讨喜，终究还是藉此"赖"得一干二净，而潜伏在他们晶莹剔透的性情之下——犹如鱼儿在溪流中倏然闪过——隐约得以流露的，乃是他们擅长的冷嘲热讽的本事。说实话，在星空下守望昆特抑或杰塞尔小姐的那个夜晚，我的心里已经埋下了惊恐，埋得甚至比我当时知道的更深，当时我看到那男孩待在那里，他旋即——直接就转向我——以那迷人的表情仰视我，丑恶的幽灵昆特站在我们头顶上方的雉堞上时，脸上就出现过这样玩世不恭的表情。如果说这是一个事关恐惧的问题，那么我当时的这个发现比以往任何事情都更让我恐惧，而且正是在这番惊恐中，我才得出了实在的结论。这些结论不时困扰着我，偶尔，我会关起门来放声演练一番——刹那间，我会大大地松一口气，紧接着，绝望又卷土重来——演练我怎样遣词造句，才能一语中的。我时而旁敲，时而侧击，渐渐逼近正题，在自己的房间里奋身一扑，无奈每当我喊出那些丑恶的名字时，总会颓然崩溃。当这些名字渐渐消逝于我唇边时，我告诉自己，我的确应该设法用这些词儿描述那些见不得人的事儿，哪怕那些话一经出口，我就会破坏一座教室天经地义、甜美文雅的小氛围——这一点也许在这座教室里显得尤其可贵。那时我对自己说："他们倒是有沉得住气的涵养，而你，备受信任的你，却卑劣到说得出口！"我顿感双颊飞红，随即以手掩面。这一幕幕神不知鬼不觉的场景过后，我的话反而比平时更多，简直滔滔不绝，直到结结实实、显而易见的沉寂降临于我们之间——我实在没法给这种局面想出别的说法——莫名其妙、头晕目眩地升上或者飘入（我已词穷！）某种静谧，某种天下生灵皆为之暂停的感觉，这气氛与当时我们是否喧闹无关，哪怕周围越来越兴高采烈，背诵课文的节奏越来越快，弹奏钢琴的声音

螺丝在拧紧 | 115

越来响，我也能听到它。那时有别人，外人，就在那里。尽管他们不是天使，尽管他们像法国人说的那样"已然辞世"，可他们萦回不去时，还是让我瑟瑟发抖，我害怕他们把更为凶险的消息灌输给年幼的受害者，引领他们看到比我目击的更为生动的形象——在那些人看来，让我看到的东西已经够逼真了。

有个残酷的念头我根本无法摆脱：无论我看见了什么，迈尔斯和弗洛拉都看到了更多——那些从以往的骇人听闻的私交中滋生的、既可怕又莫测的事情。一时间，这些事情自然会在表面上留下一丝凉意，而我们都嚷嚷着表示我们对此浑然不觉；而且我们三个人都反复经受了那样出色的训练，以至于每一回我们几乎都会自觉地用一串相同的动作宣告事情结束。无论如何，孩子们总是那一套，带着某种既狂放热烈又事不关己的态度亲吻我，次次都会——不是这个孩子，就是那个孩子——提出那个弥足珍贵的、多次帮助我们涉险过关的问题。"你觉得他什么时候会回来？你不觉得咱们应该写封信吗？"——根据以往经验，我们知道没有什么问题会比这个更能驱散尴尬的气氛了。"他"当然指的是他们那位住在哈雷街的伯父；我们始终都在很大程度上抱着这样的信念：他随时都有可能来，跟我们在一起。对于这样的信念，没有什么人的态度会比他本人更消极，但是，假如没有这信念支撑着我们，我们就会逼得对方难以展现自己最好的涵养。他从来没给他们写过信——这也许是自私作祟，却也可以算是某种褒扬，显得对我信任有加；因为男人向女人致以最高的敬意，往往只是取决于她们能否让他更为恣意地张扬某种神圣的、安然享乐的本能。所以我执意坚守不向他求助的誓言，还设法让两个小朋友懂得，他们自己写的信，只能作为迷人的笔墨游戏。这些信华丽得让人不忍邮寄；我全都留在自己身边；全都留到了现在。说真的，这条规矩只不过平添了一层讽刺效果，因为我一边猜测他没准随时会来到我们身边，一边却又要跟这种念头对着干。这就好比我们的两个小朋友都很清楚，此事对我而言，其棘手程度几乎无与伦比。此外，而今回首往事，在这一团乱麻中，我觉得最非同凡响的一点在于：尽管我高度紧张，而他们屡占上风，我却从来没对他们失去耐心。如今思量，那些日子里，他们是的确讨人喜欢吧，所以我居然对他们没有恨意！不过，假若当时再迟些得到解脱，我会不会忍不住火冒三丈呢？这无关紧要，因为解脱终于来了。虽然我称之为"解脱",可它实际上只不过相当于"啪"的一声绷断了原来拉紧的绳索,抑或突降一场雷暴,结束一天的闷热罢了。那至少是一个转变,来得猝不及防。

第十四章

某个礼拜天上午,我步行去教堂,小迈尔斯跟在身旁,他妹妹则跟着格罗斯太太走在我们前头,恰在视线所及之处。那天清凉而晴朗,在最近这段日子里算是头等好天气;昨晚略略结起一层霜,秋日的气息明快而爽利,连教堂的钟声听起来都近乎欢快。我偶然想到,此时此刻,两个受监护的孩子能如此温顺听话,我真应该对此深为感激。我不依不饶、无休无止地陪护着他们,他们为什么从来就不厌烦呢?通过这样那样的事,我已经愈发接近真相,我现在只差把那男孩子别在我的披肩上了,两个伙伴在前面开道,这副架势或好像我防备着叛乱,随时能够应战似的。我活像一名狱卒,总是留着一个心眼,防备着会出什么乱子,会有什么人逃跑。不过,这一切——我指的是他们这教人愉悦的小小的屈服——只是一系列深不可测的特殊事件的一部分而已。迈尔斯这一身礼拜天上教堂的装束都是他伯父的裁缝置办的，此人平日里有的是时间，又很有一套如何缝制漂亮背心、如何衬托迈尔斯华丽气度的心得，这样一来，迈尔斯独立自主的资格、其性别与地位所理应获得的权利，都在他的衣装上打上了深深的烙印，看起来，哪怕此时他突然奋起为自由抗争，我也无话可说。当时，不知出于什么匪夷所思的理由，我碰巧正在纳闷，假如这场革命确凿无疑地发生了，我该拿什么去应付他。我之所以称之为"革命"，是因为如今看来，当时他话一出口，这台恐怖大戏最后一幕的幕布就随之升起，大难终于临头了。"瞧，亲爱的，你知道，"他的语调格外迷人，"请问，我到底几时能回去上学？"

我在这里款款落笔，那些话听起来似乎全无恶意，更何况说出这些词儿的音调是如此甜美、高亢而又散漫，这些话是说给周围所有人听的，但首先是针对他那永远忠实的家庭教师，他将抑扬顿挫的声调随意挥洒，就像抛下一片片玫瑰花瓣。话音里总好像有点什么东西，让人忍不住想去"抓"，而这一回，不管怎么说，我的反应很快，以至于停得极猛，就好像公园里有棵树倒在了路中间。当场就有某种新的东西出现在我们之间，而且他完全知道我意识到了这一点，他不必比平时更坦率更迷人，我也能看得出来。我能感觉到他心里早有算计，起初我答不上话的时候，他已经感觉到自己胜券在握。我的反应是如此之慢，所以他有的是时间，少顷，他露出颇具暗示性却又飘忽不定的微笑，继续说道："你知道，亲爱的，对于一个老是跟一位女士待在一起的小伙子而言——"他跟我说话时总是"亲爱"长"亲爱"短的，没有什么比这个词儿里透出的那种醉人的亲密感，更能确切地表达出我渴望赋予学生们的那种感情色彩。既礼貌谦恭，又信手拈来。

然而，哦，当时我是多么急着找出词儿来抵挡啊！我记得，为了争取时间，我努力笑笑，从他那张正在观察我的漂亮的脸蛋上，我似乎看见了自己又丑陋又古怪的模样。"总是跟一位女士待在一起吗？"我回应道。

他既没有畏畏缩缩，也没眨巴眼睛。我们实际上把整桩事情都摊了牌。"啊，当然啦，她是一位开开心心、'完美无瑕'的女士；可是，毕竟，我是个小伙子，你不明白吗？就是说——呃，我是要出人头地的。"

我跟他磨蹭了一会儿，态度亲切温婉。"是啊，你是要出人头地的。"哦，可我当时是多么无助啊！

至今我都牢牢记得他那点让人闻之心碎的小算盘,看起来他非但心知肚明,而且有意嘲讽。"何况你也不能说我向来的表现不够出色,是不是?"

我将一只手搭在他肩膀上,因为尽管我心里想,如果能继续往前走,感觉会好得多,我还是迈不开步子。"是,我不能这么说,迈尔斯。"

"只有一个晚上例外,你知道——!"

"那个晚上?"我无法像他那样直视对方。

"咳,就是我下楼那次——跑到屋外去。"

"哦,对。可我忘了你去干什么。"

"你忘了?"——他说话的时候带着那种甜美而稚气的、由着性子嗔怪别人的口气。"哎呀,那就是为了给你显摆显摆我是能做到的嘛!"

"哦,对,你能。"

"而且我还能再来一次。"

我想,也许,到头来,我还是能够不乱方寸的。"当然。可你不会再干。"

"不会啦,不会再那么干了。那不值一提。"

"那不值一提,"我说,"不过我们得往前走了。"

他跟我一起继续往前走，一只手勾住我的胳膊。"那么我到底几时回去？"

思来想去，我端出了认真负责的腔调。"你在学校里很快活吗？"

他只是略一思忖。"哦，我在任何地方都过得快快活活。"

"那么，好吧，"我一阵颤抖，"如果你在这里也过得同样快活——"

"啊，可是'这里'并不等于'任何地方'啊！当然你是知道很多——"

"可你是在暗示你知道的事情跟我相差无几吗？"我看他停顿片刻，就冒险抢白了一句。

"离我想知道的事儿，还少一大半呢！"迈尔斯老实承认。"不过，也不全是这个意思。"

"那是什么意思？"

"呃——我想看到更多的人生。"

"我懂；我懂。"教堂已经出现在我们的视线里，各色人等——包括几个布莱庄园里的仆从——都走在通往教堂的路上，他们聚集在门口，看着我们进去。我便加快脚步；我

螺丝在拧紧 | 123

想尽快赶到那里,以免我们之间的牌进一步摊开;我急切地盘算,约莫一个多小时里,他只能保持沉默;想到那相对昏暗的教堂长凳,那可供我的膝盖跪拜的垫子所带来的近乎荡涤心灵的慰藉,我便心向往之。我似乎真的在跟一团乱麻赛跑,而他就一门心思地想让我绊入其中,不过我想他已经跑在了前头,甚至我们还没来得及步入教堂的墓地,他就嚷起来——

"我想要那些跟我类似的人!"

这话着实让我往前打了个趔趄。"跟你类似的人可没多少啊,迈尔斯!"我笑道。"也许只有亲爱的小弗洛拉!"

"你真的把我跟一个小丫头相提并论吗?"

这话让我格外心虚。"那么,难道你不爱我们的宝贝弗洛拉吗?"

"如果我都不算爱——那你也不能算;如果我都不算——!"他反复念叨着,就好像要往后退几步、准备纵身一跳似的,然而,他的思绪未及收拢,以至于,当我们来到门口时,再次停步(他的胳膊本来就压迫着我,欲拽而未拽)已经难以避免。格罗斯太太和弗洛拉已经走进了教堂,其他的信众跟在后面,而我们俩却在此时此刻孤零零地待在年深岁久、碑石林立的墓地里。我们就停在进入大门之后的那条小路上,紧挨着一座低矮、椭圆、形如一张桌子的坟墓。

"是啊,如果你都不算——"

我等他开口,而他在打量周围的坟墓。

"得了,你知道是怎么回事!"可他没动弹,他话里包含着某种意味,听得我颓然跌坐到石板上,好像突然要歇一歇似的。"我伯父跟你的想法一样吗?"

我刻意做出确实是在休息的样子。"你怎么知道我怎么想?"

"啊,好吧,我当然不知道;因为我突然想起你从来就没跟我说过。不过我的意思是他知道吗?"

"知道什么,迈尔斯?"

"哎呀,就是我现在这个样子呗。"

我的反应够快,一下子就意识到,对于这个问题,无论我怎么回答,都会牵涉到让东家牺牲一点形象的问题。不过我突然想到,我们这些待在布莱庄园的老老小小已经牺牲得够多的了,相形之下这事儿完全可以宽恕。"我想你伯父并不怎么关心。"

一听到此话，迈尔斯便站起身，看着我。"那么你觉得没办法让他关心吗？"

"用什么办法呢？"

"咳，让他来呗。"

"可是谁去请他来呢？"

"我去！"男孩说得分外清晰，掷地有声。他又用充满了那种表情的眼神瞟了我一下，然后独自大步走进教堂。

第十五章

我没再跟着他过去,从这一刻起,这件事其实大局已定。如此意气用事诚然可怜,而我尽管意识到了这一点,却不知怎的无力让自己振作起来。我只是坐在那座墓上,反复推敲我们的小朋友话里话外究竟是什么意思;我总算抓住了全局,同时想好了缺席的借口,就说我不好意思在学生和其会信众面前示范迟到的坏榜样。我告诉自己,首先,迈尔斯已经从我这里讨到了一点便宜,但估计也不是什么大便宜,不过就是让我这样笨手笨脚地瘫坐下来而已。他从我身上窥见,有些事情是会让我非常害怕的,而他也许会利用我的恐惧来达到他的目的,得到更多的自由。我怕的是要被迫处理那个让人无法忍受的问题,探究他被学校开除的原因,因为这个问题其实背后藏着很多可怕的事情。让他伯父来和我一起处理这些事情固然可以成为一种解决方案——严格地说,我现在应该一心渴望这种局面发生才对；可是这样做既丢脸又痛苦，我实在无法面对，所以我一拖再拖，得过且过。让我深感不安的是，那孩子完全有权利、有资格对我说："你和我的监护人如果不澄清为什么要中断我的学业，就别指望我跟你一起过这种对一个男孩子而言如此反常的生活。"就这个让我忧心忡忡的男孩而言，真正堪称"如此反常"的，其实是他冷不防流露出来的某种念头和计划。

正是这一点让我不堪承受，没法走进去。我绕着教堂走，犹犹豫豫，徘徊不定；我想，跟他在一起的时候，我已经给自己造成了难以修复的伤害。无论做什么都于事无补，如果此时跑到他身边挤在长凳上，这样刻意使劲也显得太过头了：他一定会比以往更有十足的把握，挽住我的胳膊，让我在那里坐上一个小时，默默地紧挨着，听他对我们之间的谈话内容说三道四。他刚刚走进去，我就想离开他了。当我在东窗下停驻，聆听着人们的祈祷声时，突然涌起一阵冲动，我觉得，只要我给这个念头一丁点儿的鼓励，它就会主宰我。我只要一走了之，就能轻易了结这场煎熬。眼下就是好时机；没人能拦住我；我可以将这一切弃之不顾——转过身，冲出去。这问题只是牵涉到稍作一点准备，然后再次赶回宅子去，有那么多仆从都来教堂参加礼拜，所以家里几乎无人留守。简而言之，即便我孤注一掷，驾车离去，也没人会怪我。如果我的"出走"到晚餐时间就回来，那出走一下又何妨呢？顶多几个小时过后，末了——我是很有先见之明的——我的两个小学生会摆出一副天真无邪的样子，对我居然没跟他们一起进教堂表示惊讶。

"你这个淘气的坏东西，你干什么去了呀？到底为什么要让我们这么担心——还把我们的心思都带走了，你不知道吗？——你是不是到了门口就把我们抛下了？"我既无法回答这样的问题，也无法面对他们提问时闪烁着虚情假意的稚嫩可爱的眼睛；但是我别无选择，只能面对这一切，这一点我看得越来越清楚，终于抽身离去。

就彼时彼刻而言，我反正是离开了；我直接走出教堂墓地，一路上绞尽脑汁，脚下循着来时路穿过公园。我觉得，在我走到家门口之前，应该就能下定决心，不顾一切地逃走了。礼拜天，不管是门口，还是宅子里，都静谧无声，我一个人也没撞上，这样一来，我就愈发觉得机会难得，兴奋不已。假如我以这样的方式马上动身，我就能无形无迹、一言不发地离开。不过，我的动作必须快得惊人，交通也是个亟

螺丝在拧紧 | 129

须解决的大问题。客厅里,各种艰难险阻折磨着我,我记得当时颓然坐在楼梯脚下——突然瘫软在最低一层阶梯上,情绪陡然转变,想起一个多月前,恰巧就在这里,我在黑暗的夜幕中见到那个最可怕的女人的幽灵,被这些邪恶的事情惊得弯下腰来。想到这里,我终于能直起身子:继续向楼上走;我慌乱地直奔教室,那里有一些属于我的东西要拿。然而,我刚打开门,就发现,如电光火石般,蒙蔽着我双眼的东西给拿走了。眼前的景象让我没办法收住脚,跟跟跄跄地直往后退。

坐在明亮的正午光线下,我看见一个人,如果不是有先前的经验,乍一眼望去,我会以为是哪个也许留下来看家的女佣,正趁着这难得的无人监视的机会,就着教室里的桌子,用我的钢笔、墨水和纸,使出浑身解数,给她的情人写信呢。她的姿势颇为用力,胳膊抵在桌子上,双手撑住脑袋,显然有倦意;可是,就在此时,看着眼前的这一幕,我渐渐意识到,虽然我已经进来了,她却奇怪地不为所动。接着——这个举动足够说明问题——她的姿态一变,身份的火焰突然燃烧起来。她站起身,倒不像是因为她听见了我的声音,而是在某种难以描摹的、兼具冷漠与超然的浓重忧伤

她站起身,声名狼藉而又命运悲惨

中，站在离我不到十几英尺的地方，她正是我那邪恶的前任。这个声名狼藉而又命运悲惨的女人，整个儿站在我眼前；不过，尽管我凝视着她，将这一幕牢记在心，可她的形象终究还是渐渐消逝。她裙子如午夜般漆黑，自有一番憔悴之美、难言之伤，她望着我，时间久得足以让我猜测，她是想声张自己有权坐在我的桌边，正如我也有权坐在她的桌边。当这些瞬间次第闪过，我心里陡然生出一阵异乎寻常的寒意，仿佛我才是那个擅自闯入的不速之客。为了拼命否认这一点，我不知不觉间冲着她喊起来——"你这可怕的、命苦的女人啊！"——喊声穿过敞开的门，回荡在长长的过道上，回荡在空旷的宅子里。她看着我，就好像她听见了我的喊声，可此时我已经缓过神来，周遭的气息亦随之清澈澄明。紧接着，屋里空无一物，只剩下阳光，以及我一定要留下的决心。

第十六章

我完全预料到，等我的学生回来时，会有一番大张旗鼓的表演，他们对我的缺席故意不置一词，而我却不得不为此思前想后，焦躁不堪。他们没有欢天喜地地责备我，爱抚我，也没有含沙射影怪我撇下他们，没人在意我，我只能仔细观察格罗斯太太古怪的表情——连她也没说什么。我之所以要观察她，是因为我敢肯定，他们用了个什么法子贿赂了她，让她保持沉默；不过，我只要一逮住机会私下相处，就一定要把这沉默给打破。还没等到茶点时间，机会就来了：我跟她在管家专用的房间里待了几分钟，彼时正值黄昏，四周飘着新烤面包的香气，然而，在这个打扫干净、装饰妥帖的环境里，我看见她带着某种既痛苦又平静的神色坐在壁炉前。她的平静如水，她最好的样子，至今我都历历在目：昏暗的、闪着火光的房间里，她坐在直背椅上，面对着火

螺丝在拧紧

焰，这画面巨大而清白，诠释着什么叫"收纳妥帖"——仿如一堆抽屉，个个都是关好锁牢的，用什么都打不开。

"哦，对，他们叫我什么都别说；为了让他们高兴——只要他们在那里——我当然答应了。可是，你出了什么事？"

"我只是跟你们去散散步，"我说，"后来就回来见一个朋友。"

她显然吃了一惊。"一个朋友——你？"

"哦，对，我有两个呢！"我笑道。"可是两个孩子有没有告诉你什么理由？"

"就是指他们没提到你离开我们吗？其实说了。他们说你更喜欢这样。你是更喜欢这样吗？"

我的表情让她很难过。"不，我宁愿不要这样！"可是，没过多久，我加了一句："他们有没有说我为什么会更喜欢这样呢？"

"没说；迈尔斯少爷只是说：'我们绝对只能按照她的喜好行事！'"

"他真能这样倒好了！弗洛拉说什么了？"

"弗洛拉小姐太可爱了。她说，'哦，当然，当然!'——我也这么说。"

我思忖片刻。"你们太可爱了,太——我就像是亲耳听到了你们说的话。可是,在我和迈尔斯之间,现在可是全摊牌了。"

"全摊牌了?"我的伙伴瞪大眼睛。"可是摊什么牌呢,小姐?"

"什么都摊了。不要紧。我已经下定决心了。我刚才回家,亲爱的,"我继续说,"是为了和杰塞尔小姐谈谈。"此前我已经养成了习惯,总是在切入正题之前,先实实在在地稳住格罗斯太太的情绪;因此,即便是现在接到了这个词儿发出的信号,她也只是勇敢地眨巴着眼睛,我好歹能让她大抵镇定。"谈谈!你是说她开口讲话了?"

"差不多。我回来的时候,发现她待在教室里。"

"那她说什么了?"这个好女人茫然而坦诚的问题至今仍言犹在耳。"她饱受折磨——"

正是这个道出真相的词儿让她想象出了我勾勒的画面,继而目瞪口呆。"你是说,"她结结巴巴地说,"厉鬼的折磨?"

"厉鬼的。幽魂的。所以他们要让孩子们来分担——"

这话里的恐怖意味把我自己都吓得结巴起来。

可是我的伙伴想象力没那么丰富，还在逼我说下去。"要他们分担——？"

"她想要弗洛拉。"我冲着格罗斯太太说这话时，要不是事先有准备，她没准就会从我身边摔倒。我扶住了她，让她知道我还在。"不过，我跟你说过，这不要紧。"

"因为你已经打定主意了？了结什么事呢？"

"了结一切。"

"你说的'一切'是什么呢？"

"呃，派人去把他们的伯父叫来。"

"哦，小姐，天可怜见，就这样吧，"我的朋友嚷起来。

"啊，我会的，我会的！我觉得这是惟一的出路。我跟你讲过，我跟迈尔斯都摊牌了，如果他以为我害怕——还盘算着能从中捞到什么便宜——那么他会发觉他错了。是啊，是啊，他的伯父如果责备我没有在学校的事情上多想办法，那我就会在这里，当场（如果有必要，还得当着孩子本人的面）跟他和盘托出——"

"是啊，小姐——"我的伙伴直催我。

"呃,是因为有那个可怕的理由。"

对我这位可怜的同事而言,那些理由显然已经多得上她不堪重负,所以她摸不着头脑也算情有可原。"可是——呃——哪个理由呢?"

"哎呀,就是从他原来的学校寄来的信呗。"

"你会把信拿给东家看?"

"我当时就该这么做的。"

"哦,不!"格罗斯太太断然说。

"我会跟他挑明,"我不为所动,坚持说,"我没法替一个被学校开除的孩子,处理这件事。"

"因为我们压根就不知道是怎么回事!"格罗斯太太断言。

"因为品行不端。还会有什么别的——要知道,他如此聪明如此漂亮如此完美无瑕。他笨吗?他邋遢吗?他懦弱吗?他本性顽劣吗?他优雅而敏锐——所以原因只可能是那一个;这一点一旦说清,整件事情就水落石出。归根结底,"我说,"这是他们伯父的错。谁让他把这样的人留在这里——"

"他真的一点都不了解他们的底细。这是我的错。"她的脸色变得颇为苍白。

"哦,不该让你来受罪的,"我答道。

"孩子们才不该受罪!"她一字一顿地回答。

我沉默了一会儿;我们四目相对。"那么我该跟他说什么呢?"

"你什么都不用告诉他。我会告诉他的。"

我掂量着这句话。"你的意思是你来写信——?"我想起她不会写字,赶忙打住,改口说,"那你怎么联络他?"

"我告诉总管。他会写。"

"你乐意让他来写我们的故事吗?"

我这个问题里含着某种嘲讽的力量,这倒并非我的初衷,片刻之后,这种力量终于让她不合逻辑地崩溃了。她的眼里又噙满泪水。"啊,小姐,你来写吧!"

"好吧——今晚。"最后我这样回答她;接着我们就分开了。

第十七章

当天傍晚,我居然真的动手写信了。天气又变回来了,外面刮着大风,我的房间里,一盏灯下,弗洛拉安安静静地陪在身边,我在一张白纸前枯坐许久,耳边但闻雨骤风急。最后我手里拿着一支蜡烛出了门;我穿过走廊,在迈尔斯的门前听了一小会儿。我的奇思异想绵绵不绝,怂恿着我试图听出他没有好好歇息的蛛丝马迹,我还真抓到了一点东西,其方式却出乎我的意料。他的话音脆生生响起。"我说,你在那儿吧——进来吧。"这真教人喜忧参半!

我擎着蜡烛走进去,看见他躺在床上,煞是清醒,却怡然自得。"哦,你来做什么?"他问话的口气颇有一种笼络人心的风范,不由让我想起,但凡格罗斯太太在场,没准会寻寻觅觅却徒劳无功——哪有什么事情"摊牌"了嘛。

我端着蜡烛站定,俯视他。"你怎么知道我在那里?"

"咳，当然啦，我听见你的声音啦。你以为自己弄不出一点声响吗？你那动静，就跟一队骑兵似的。"

"那你没睡着喽？"

"没怎么睡着！我醒着，想事儿呢。"

刚才我故意把蜡烛搁在半近不远的地方，接着，当他向我伸出一只手示好时，我就势在他的床沿坐下来。"你在想，"我问道，"什么呢？"

"除了你，亲爱的，我还有什么好想的？"

"啊，你这么欣赏我，我很自豪，可我倒并不需要你这样做啊！我还宁可你睡觉呢。"

"好吧，我还在想——你知道的——想我们之间的这件怪事。"

我发觉他那有力的小手是冰凉的。"什么怪事呢，迈尔斯？"

"咳，就是你教导我的方式。还有其他的一切！"

我屏住呼吸足有一分钟，即便借着我那闪闪烁烁的一点烛光，也足以看清他在枕头上朝我仰面微笑的样子。"你说的其他的一切，是指什么呢？"

"哦，你知道，你知道的！"

我一时之间无话可说，不过，当我握住他的手、我们继续四目相对时，我能感觉到我的沉默等于对他的指控供认不讳，而且在整个现实世界中，也许没有什么能比我们当时真正的关系更匪夷所思的了。"你当然要回学校的，"我说，"假如是这件事儿让你心烦的话。可是，别指望回到你的老地方去——我们得找家新的，更好的。这个问题，你从来没跟我说过来龙去脉，压根都没提过，我是怎么会知道的呢？"他那清爽的脸庞，表情显然是在聆听我说话，轮廓白皙而光滑，那一刻，他看起来就像是儿童医院里某个愁眉苦脸的病人一般教人心疼；一想到这相似之处，我便恨不得放弃我在世间拥有的一切，当真变成一名护士，只要对治愈他有所帮助就好。好吧，即便是现在这样，我也可能帮得上忙。"你知道吗，关于你学校的事儿，你从来就没跟我提过一个字——我是说过去的那所；不管用什么方式，你都没提过。"

他似乎挺惊讶；他的笑容仍然那么可爱。可他显然赢得了时间；他在等，他在召唤某种指引。"我没提过吗？"他不是在召唤我去帮助他——而是那个我曾经碰见过的家伙。

听他说这话时，他的语调和表情里蕴含着某种让我的心空前剧痛的东西；看见他那小小的中了蛊的脑瓜和在魔障驱使下使尽他那点可怜的浑身解数，只为了扮演一个始终天真无辜的角色。"没，从来没——从你回来的那一刻起。你从来没跟我提过任何一位老师、任何一位同学，也没有提过哪怕一丁点儿你在学校里碰见的事儿。从来没有，小迈尔斯——没有，从来没有——对于那些可能发生在那里的事儿，你从来没有给过我一点点暗示。所以你能想象出我完全就是在黑暗中摸索。直到今天早上你才用这种方式说出来，在此之前，从我看见你的第一眼开始，你就几乎对自己的往事绝口不提。你好像完全接受现实了。"神奇的是，我对他秘而不宣的早熟——不管我叫它什么，反正我指的是那种荼毒，那种我只敢语焉不详地描述的东西——有十足的把握，因此尽管他微微透出内心不安的迹象，他看起来还是像一个更年长的人那样容易沟通，这就迫使我把他当成一个心智与我旗鼓相当的人。"我还以为你就打算这么过下去了。"

我突然意识到，一听这话，他的脸微微泛红。总之，他就像是个略微有点疲劳的康复病人，无力地摇摇头。"我不——我不。我想走。"

"你在布莱庄园待腻了？"

"哦，不，我喜欢布莱。"

"好吧，那么——？"

"哦，你知道一个男孩子想要什么的！"

我想我可不如迈尔斯知道得清楚，于是我临时找话搪塞。"你想到你伯父那里去？"

听到这话，他那张甜美而带着嘲讽的脸又在枕头上动了一下。"啊，你可不能就这么滑过去！"

我沉默了一会，我想，现在轮到我脸红了。"亲爱的，我不想滑过去！"

"即便你想，你也不能。你不能，你不能！"他以优美的姿势躺着，盯着我看。"我的伯父必须到这里来，你们得把事情彻底解决。"

"如果我们这样做，"我打起精神回敬他，"那肯定是要把你送到远处去了。"

"好吧，你难道不明白这恰恰是我求之不得的？你一定得告诉他——说说你是怎么让一切都陷入僵局的；你一定得告诉他很多很多事！"

不知怎么的，此时此刻，看到他说这话时兴高采烈的劲头，我倒更有办法反唇相讥了。"那么你呢，迈尔斯，你得告诉他多少事儿？有很多事他也会问你啊。"

他琢磨了一会儿。"很可能。可是问什么呢？"

"问那些你从来没告诉过我的事儿。好让他下定决心处置你。他不会把你送回去的——"

"我不想回去！"他插嘴说。"我想去个新地方。"

他说这话时，淡定自若得教人钦佩，那份欢天喜地是确凿无疑的；没错，正是这种腔调刺激了我，让我觉得好不辛酸，这真是一出有悖常情的幼稚的悲剧啊，三个月将尽时他可能还会这样虚张声势地来一次，弄得更加丢人。我被这念头压倒了，再也不堪忍受，一股脑儿发作出来。我扑向他，怀着温柔的爱怜抱住他。"亲爱的小迈尔斯，亲爱的小迈尔斯——"

我的脸凑近他的脸，他随我亲吻他，带着纵容的神情欣然接受。"好啦，老太太？"

"没有什么——你真的没有什么想告诉我的吗？"

他略略转过身，面向墙壁，伸出一只手来，看着它，往往在生病的孩子身上能看到这样的举动。"我跟你讲过——今天早上我跟你讲过。"

哦，我真替他难过啊！"你说只是不想让我担心，

迈尔斯

对吗?"

他转过来看着我,仿佛是为了对我的理解表示肯定;接着,他那样温柔地说:"让我一个人待着吧,"他答道。

这话里甚至包含着那么一点非同凡响的小小的尊严,为此我只好放开他,等我缓缓站起来以后,又忍不住徘徊在他身边。上帝知道,我从来就不想骚扰他,然而,此刻,我觉得但凡我背过身去就等于抛弃——说得更准确一些,是失去他。"我给你伯父的信刚写了个开头。"

"那好吧,写完它!"

我等了一小会儿。"以前出过什么事?"

他再次仰起头看我。"什么以前?"

"在你回来以前。还有在你离开这里以前。"

一时间他哑口无言,可他的视线仍然与我的视线交织在一起。"出过什么事呢?"

从他说这几个词儿的声音里,我第一次捕捉到一丝微弱的颤抖,表明他意识到我的话是对的——我不由跪在他床边,再一次抓紧这个控制他的机会。"亲爱的小迈尔斯,亲爱的小迈尔斯,你要是能知道我有多想帮你就好了!仅此而已,别无他求,我宁愿死也不愿让你痛苦,对你作恶——我宁愿死也不会伤你一根毫毛。亲爱的小迈尔斯"——哦，哪怕我这样做太离谱，也要对他言无不尽——"我只想让你帮着我拯救你！"然而，只消片刻工夫，我就意识到自己确实太离谱了。我的切切恳求旋即得到了答复，那是一阵超乎寻常的寒风，一股冰冷的空气，屋里摇晃得厉害，感觉就像是窗棂被这阵狂风吹断、落地、摧毁了似的。那男孩发出响亮而高亢的尖叫，这声音渐渐湮没在其他震天动地的响声中，虽然我离他那么近，还是分辨不出这声音究竟是出于狂喜，还是源自惊恐。我又跳起来，发觉四周一片漆黑。于是，一时间，我们都没动，我盯着四周，看见合拢的窗帘纹丝未动，窗户关得紧紧的。"天哪，蜡烛灭了！"我嚷起来。

"熄灭蜡烛的人是我，亲爱的！"迈尔斯说。

第十八章

翌日,课后,格罗斯太太抓住时机,悄声问我,"你写了吗,小姐?"

"写了——我写了。"可我当时并没有再加一句,说我的信虽然已经封口,也写上了地址,却还揣在口袋里。在邮差到村里来之前,还有的是时间可以发信。与此同时,就我那两个学生的情形而言,再没有比今天更美妙、更具有典范意义的早晨了。他们似乎都在心里暗自将近来发生的小摩擦悄悄磨平、抛光。他们展示着让人晕眩的数学技巧,远远凌驾于我自己那点可怜的水准,而且他们的情绪比以往更为高昂,拿历史地理问题开开玩笑。当然,迈尔斯显得尤为突出,他似乎很乐意表明,他轻而易举地就能让我失望。在我记忆中,其实这孩子一直生活在一种难以言喻的、既优美又可怜的环境中;在他流露出的每一次冲动中,都有一种与众不同的特质；在那些不明真相的人眼里，他就是那么真诚坦率、自由自在，从来没有哪个自然天成的小孩，会比他更聪明，更像一位卓尔不群的小绅士。我一直得防备着自己出于先入之见而陷入讶异与沉思；忍住不要一边无端地定睛凝视、沮丧叹息，一边对这个谜百思不得其解：这样一位小绅士，能做出什么样的事情，以至于非得遭受惩罚呢？如果说，根据我所知晓的那个不祥之兆，所有邪恶的想象都已经展现在他眼前，那么，面对这些想象可能早已蜕变成了行动的证据，我内心的所有正义感都在隐隐作痛。

在这个可怕的日子里，我们早早吃过午饭之后，他表现得比以往任何时候都更像一位小绅士，还跑过来问我是否乐意听他弹半小时琴。就算是"大卫为扫罗王弹琴"①，也不可能比这一幕表现得更为优雅了。实际上，这场迷人的表演展示了他是多么有手段，多么宽宏大量，简直等于直截了当地说："在那些我们爱读的故事里，真正的骑士从来不会逼人太甚。我知道你现在怎么想：你的意思是——你要自己

---

① 典出《圣经·旧约·撒母耳记上》第 16 章 14 节至 23 节。扫罗王因与先知同翻，被魔鬼附身，寻找善于弹琴者解其困厄。伯利恒人耶西的儿子大卫应诏而来，于是，"从神那里来的恶魔临到扫罗身上的时候，大卫就拿琴，用手而弹，扫罗便舒畅爽快，恶魔离了他。"

一个人清静清静，不要对你穷追不舍——你以后就不会替我担心，不再刺探我的秘密，不再老是要我靠你那么近，你会随我自由来去。好吧，我'来'了，你瞧——可我不走！还有好多好多时间呢。我真的乐意跟你在一起，我只想给你看看，我要争取的是一个原则。"可以想象，我是不是抵挡得住这样的恳求，有没有可能不拉着他的手，再度陪着他走进教室。他在那台旧钢琴跟前坐下来，弹琴的样子就像是以前从来没弹过似的；如果有人觉得他还是去踢足球比较好，那我只能说，我完全赞同。在他的影响下我的思绪几乎停滞，直到这段时间行将结束时我才猛然回过神来，那感觉好生诡异，就好像我刚才真的在岗位上睡着了似的。其时正值午餐过后，我们就靠在教室的壁炉旁，可我实际上根本就没有睡着；我只是做了一件比睡着要糟糕得多的事——我遗忘。这段时间里，弗洛拉待在哪里呢？我把这个问题提给迈尔斯，他先弹了一小会儿才回答我，而且也只是说："哦，亲爱的，我怎么知道呢？"——他进而开怀大笑起来，紧接着，就好像一段人声伴奏似的，他把这笑声拖长，变成时断时续、轻佻放肆的歌声。

我直奔自己的房间，可他妹妹并不在那里；接着，下楼之前，我在另几个房间里都扫视了一眼。既然哪里都找不到她，那么她肯定跟格罗斯太太在一起，想到这里我放下心来，就跑去问她。在昨天晚上看到她的房间里，我又找到了她，可是，面对我急匆匆的追问，她既茫然又惊恐，表示毫不知情。她本来以为，吃完饭以后，两个孩子都是我带着；她这么想也自有其道理，因为在此之前，如果没有什么特殊的预防措施，我还从来没有让这个小姑娘走出我的视线。当然，眼下她也可能跟仆人们在一起，所以当务之急是要悄悄找到她，不要兴师动众。我们很快就分好了工；可是，过了十分钟，当我们各自按照分工找了一圈之后在客厅碰头时，只能互相告知，经过一番小心盘查，我们还是寻不到她的踪迹。有那么一小会儿，除了议论之外，我们俩都默默地体味着对方的惊慌，我能感觉到，我的朋友正在兴致勃勃地把先前我让她受到的惊吓统统还给我。

"她可能在楼上吧，"她随即说——"在哪个你还没搜过的房间里。"

"不会；她在远处呢，"我拿定了主意。"她出去了。"

格罗斯太太瞪大眼睛。"连帽子也没戴吗？"

我的表情自然也很慌张。"那个女人是不是从来不戴帽子的?"

"她跟她在一起?"

"她就是跟她在一起!"我宣称。"我们一定得找到她们。"

我的手挽住我朋友的胳膊,然而,当时,面对我这样严重的说法,她无法对我的压力做出什么反应。相反,她当场烦躁起来,念叨着,"那么迈尔斯少爷跑到哪里去了?"

"哦,他跟昆特在一起。他们在教室里。"

"天啊,小姐!"我自己很清楚,我的观点还从来没有这样冷静、如此信心十足过,所以我猜我的语调也同样如此。

"这套花样已经玩过了,"我继续说,"他们的计划开展得很成功。他找到了能把我稳住的最为绝妙的小伎俩。"

"'绝妙'?"格罗斯太太疑惑地回应道。

"那么就说'可恶的'好了!"我几乎说得兴致盎然。"他自己也做好准备了。不过,尽管来吧!"

她沮丧而忧伤地看着楼上那块地盘。"你把他留在——"

"让他跟昆特待那么久?是啊——我现在无所谓了。"

碰上这样的时候，她最后总是会抓住我的手，现在她就是用这办法按住我不动的。不过，我突然这样撂挑子，让她禁不住大口喘气，接着，她急切地问道，"因为你的信吗？"

为了回答她，我飞快地伸手摸到那封信，拿出来，举起它，接着，我挣开她，把信放在客厅的大桌子上。"卢克会来拿信的，"我一边走回来，一边说。我走到房门口，打开它；我已经站到了台阶上。

我的伙伴还在犹豫：昨夜今晨的暴风雨已经过去，可是午后既潮湿又灰暗。我走下去来到车道上，而她站在门口。"你不加点衣服再去吗？"

"连这孩子都没加什么衣服，我又有什么关系呢？我等不及再穿什么衣服了，"我喊道，"如果你非穿不可，那我就不管你了。你顺便可以上楼试试看。"

"试着找他们？"哦，一听这话，这可怜的女人马上就跟着我走了！

第十九章

我们直接去湖边,在布莱大家都管那里叫"湖",我敢说这名称恰如其分,虽然我想也许那里只是一方水面而已,实际上并不像我这没见过什么世面的眼睛看上去的那么波澜壮阔。我对大大小小的水面都知之甚少,不过无论如何,有那么少得可怜的几次机会,我曾经同意,在两个学生的保护下,乘坐泊在布莱的水池边的平底船,勇敢地接触了一下水面,它的容量和翻涌的程度都让我难忘。我们通常在离宅子半英里的地方上船,可我心里很有把握,无论弗洛拉身在何处,总之一定不是在家附近。她开溜并不是为了搞一次小小的冒险,而且,自从那天我跟她在池边一起经历的那场天大的危险之后,我就意识到,我们散步时,她最喜欢去的就是那个地方。所以我现在直接给格罗斯太太指明方向——等她感觉到我们在往什么方向去的时候,就想停下来,表情看起来像是一头雾水。"你要去水边吗,小姐?——你觉得她在——?"

"她可能在,尽管我相信,那里的水一点儿也不深。不过依我看,她很有可能就在那天的那个位置,我跟你说过我们站在那个位置上看见了什么。"

"就是她假装没看见的那次吗——?"

"当时她那股子淡定自若的样子可真是惊人!我一直相信她想一个人回去。现在她哥哥替她安排了这个机会。"

格罗斯太太仍然站在她刚才停下脚步的那个地方。"你猜他们真的会谈论他们吗?"

这个问题我有把握回答!"他们说的事情呀,但凡我们亲耳听到,会活活吓死的。"

"那么,假如她真的在那里——"

"怎么呢?"

"那么,杰塞尔小姐也在吗?"

"毫无疑问。你会看到的。"

"哦,谢谢你!"我的朋友大声说,然后牢牢站在原地不动,琢磨着我的话,于是我扔下她直接往前走。不过,还没等我到水池边,她已经赶上来紧跟在我身后了,我知道,在她看来，不管什么样的事情落到我头上，她跟我待在一起，危险总还是最小的。最终，当大片水面映入眼帘，而且画面中并没有孩子的时候，她如释重负地叹了口气。靠近我们的一侧岸边看不到一点弗洛拉的踪迹，当初我就是在这里看到她的，场面甚为惊悚，湖对岸也没人，只有一道二十码左右、一直延伸到水面的分界地带，上面是浓密的矮树林。池塘呈椭圆形，宽度比长度窄得多，两边都望不到头，别人很可能会觉得这是一条小河。我们看着这片空荡荡的地盘，我在我朋友的眼里看到了某种暗示。我知道她是什么意思，赶忙摇头作答。

"不对，不对；等等！她把船弄走了。"

我的伙伴盯着空荡荡的泊船处，接着又看看湖对岸。"那么船到哪里去了？"

"我们没看见船，就是最有力的证据了。她先是坐船渡水，再想法把它藏起来。"

"都是她一个人干的——就这么个小孩？"

"她可不是一个人，而且在这种时候她就不是小孩啦：她是一个年长的，年长的女人。"我扫视了一下岸上所有的区域，格罗斯太太则反复回味着我刚才话里的古怪意味，照例为之心服口服；我指出，那艘船很可能就藏在池塘的某个隐蔽幽深之处，可能是岸上一块凸起以及紧挨着水面的树丛，正好掩盖住近旁河道的一处凹陷。

"可是，如果船在那里，那她到底在哪里？"我的同事急切地问道。

"这就是我们必须弄清楚的事。"我又抬脚继续走起来。

"就是整个绕一圈找吗？"

"当然，有多远找多远。我们只需要十分钟就能绕一圈，不过这点路对一个孩子而言，已经太远，她不会乐意徒步走过去的。她会直接渡河。"

"老天！"我的朋友又嚷起来；我的逻辑链对她而言，实在太震撼了。她只能紧跟在我身后，等到我们绕完一半路——路面崎岖不平，路上枝蔓丛生，走得着实累人——我停下脚步，让她喘口气。我怀着感激之情伸出一只胳膊扶住她，说她对我很有帮助，藉此宽慰她；这样一来，我们又能继续往前走了，没过几分钟，就能看见那艘船果然待在我预料的地方。船被抛在尽可能处于视线之外的地方，系在一处与水面紧邻的栅栏桩上，借着那根桩子的帮助，下船会比较

螺丝在拧紧 | 157

容易。我看着那副既短且粗、稳稳当当地搁置在船上的桨,意识到对于一个小姑娘而言,这一整套花样委实太复杂了;不过迄今为止我已经在一个怪事迭出的地方住了好久,已经领教过好多更危险的情形。这道篱笆有扇门,我们穿过门走进去,经过一小段乏善可陈的路,就来到一块空地上。"她在这里!"我们随即嚷起来。

不远处,弗洛拉就站在我们眼前的草地上微笑着,仿佛她的表演至此方才完满似的。不过,接下来,她径直蹲下来,摘下——就好像她来这里就是为了这个目的似的——一大捧丑陋的、枯萎的蕨类植物。我立马判定她刚从矮树丛里出来。她等着我们,而不是她自己迈出第一步,我觉得,我们渐渐向她靠近时,心里怀着某种罕见的庄严。她笑啊笑啊,我们终于碰了头;但这一切都进行得无声无息,此时,这种氛围已经让人毛骨悚然了。格罗斯太太第一个打破僵局:她猛地跪下双膝,把孩子揽进怀里贴着胸口,久久地搂着这个小小的、温顺的身躯。当这一幕激烈的哑剧上演时,我只能旁观——当我看见弗洛拉的脸庞靠在我伙伴的肩头,眼睛窥视着我时,就观察得更专注了。现在她的表情很严肃——已经没了刚才那种闪烁不定的神色;不过,看到这张脸，我愈发觉得心痛，以至于当时不禁嫉妒起格罗斯太太跟她之间的那种简简单单的关系来。不过，与此同时，我们之间还是什么都没有发生，只是弗洛拉松开了手，她那捧傻乎乎的蕨类植物又落到了地上。我们之间其实已经达成默契，如今再找借口已经没有什么意义了。格罗斯太太终于站起身，攥着孩子的手，她们俩仍然与我面面相觑；她向我投来的坦率的眼神，让我们之间那种诡异的心照不宣愈发明显。"我还不如死了呢，"那眼神仿佛在说，"如果非要我开口的话！"

第一个打破沉默的是弗洛拉，她当时正用纯洁而惊讶的眼神上上下下打量我。我们连帽子也没戴，这让她吃了一惊。"你们的衣服帽子呢？"

"那你的衣帽呢，我亲爱的！"我当即反问道。

她的脸上又活泼起来，好像我的这句话已经足以回答她的问题似的。"那么迈尔斯在哪里？"她继续问。

这话透着小小的勇气，其中蕴含着某种差点让我崩溃的东西：这几个词儿从她嘴里说出来，就像剑身出鞘，倏然间寒光一闪，在此之前，仿佛一直有只杯子握在我手里，被我高高举起，长达数周之久，杯中水满得似乎随时要从杯沿溢出来，而今，我甚至来不及开口，就觉得那杯子被碰翻，顿时波涛汹涌。"我会告诉你，如果你告诉我的话——"我听到自己这样说，然后听出我的声音里打着哆嗦。

"好吧，告诉什么呢？"

格罗斯太太忧心如焚，这"火光"在我眼前燃烧，然而，已经太迟了，我把话漂漂亮亮地甩了出来。"我的小可怜儿，哪里，藏着杰塞尔小姐？"

第二十章

就像那天跟迈尔斯在教堂墓地一样,眼下整件事情都压在我们身上。我们之间是第一次提到这个名字,尽管我对这一点格外慎重,但此时,孩子的脸上还是很快露出深受打击、怒目而视的表情,我这样一举打破沉默,就好比将一块玻璃砸得粉碎。与此同时,仿佛为了扛住打击似的,格罗斯太太对我的暴行发出一声尖叫——犹如受惊或者受伤的动物,几秒钟之后,这一切以我一声狂呼而告终。我抓住同事的胳膊。"她在那里,她在那里呀!"

跟上次一样,杰塞尔小姐站在湖对岸,面对着我们,我记得,奇怪的是,彼时第一个涌上心头的念头,居然是一阵狂喜,因为找到了证据。她在那里,所以能证明我说得没错;她在那里,所以我既非冷酷,也没发疯。她在那里,固然可以让可怜的、被吓坏的格罗斯太太发现证据,但她主要是冲着弗洛拉来的；在我经历的所有可怕的时光里，再没有什么能比那一刻更异乎寻常，我故意向她投去难以言喻的、多少含着点谢意的一瞥，因为我觉得，虽然她是个面色惨白、贪婪成性的魔鬼，可她还是会对此心领神会的。她在我和我朋友刚才待过又离开的地方站得笔直，在那长长的、其欲望所及的地带，没有一英寸不被她的邪恶所侵染。最初展现在眼前的形象和涌上心头的情感都是鲜活生动的，但这局面只维持了几秒钟，其间格罗斯太太眨动着昏花的老眼，望向我手指的地方，一时间我以为这是个重大信号，表明她终于也看到了，于是我自己的视线也陡然降落，看看孩子的反应。说实话，看到弗洛拉接下来的反应，我大惊失色，设若她只是表现得烦躁不安，我倒也不至于惊讶到这种地步了——当然，我原来也并没指望她会直接流露出惊愕沮丧的情绪来。见我们一路追来，她应该已经做好了准备，严阵以待，不让自己的表情泄露一点点天机；所以，在那里，当我第一眼瞥见这始料未及的情形时，深感震惊。她那粉红的小脸一点儿都没有惊慌抽搐，甚至没有装着朝我宣告幽灵出现的方向看一眼，相反，她只是转过来看着我，一脸硬邦邦、沉甸甸的表情，那是一种全新的、前所未见的表情，似乎在研究我，控诉我，审判我——不知怎么的，因为受到这个打击，小姑娘自己顿时变成了一个让我望而生畏的人。她确实让我望而生畏，不过，以往我还从来没有像现在这样，有十足的把握，相信她完全看得见。于是，出于保护自己的紧迫需求，我激动地喊起来，要她见证眼前的景象。"她在那里呀，你这个小可怜儿——在那里，那里，那里，你看见她，就像看见我一样清清楚楚！"刚才我跟格罗斯太太说过，碰上这种时候，弗洛拉就不是一个孩子了，而是一个很老很老的女人，没有什么能比现在这一幕更能证实我对她的描述了：面对我的呼号，她眼神里既没有让步，也没有默认，只是脸色越来越阴沉，蕴含着某种突如其来、颇为坚定的谴责。截至此时——如果我能够将整件事稍加概括的话——最让我吃惊的是"她的态度"（我也许可以称之为"态度"），不过，几乎与此同时，我渐渐不无惊恐地意识到，格罗斯太太也不是省油的灯。紧接着，不知何故，我这位年长的伙伴别的什么都不管了，只顾涨红着脸，发出受惊之后的大声抗议，陡然拔高嗓门表示反对。"哎呀，这样多可怕呀，小姐！你到底在哪儿看到了什么东西呀？"

然而我只能以更迅捷的动作一把抓住她，因为哪怕是在她说话的时候，那个面目既清晰又丑陋的幽灵也站在那里，赫然在目，肆无忌惮。这情形已经持续了好一会儿，我趁着它尚未消失，就抓住我的同事，继续指给她看，把她往那个方向推，坚持用手指戳戳点点。"你难道真的没像我们这样看见她吗？——你是说你现在看不见——现在呢？她就跟一团烧得正旺的火一样扎眼啊！只要看一看，最亲爱的女人啊，看哪——！"她看了，就像我一样，然后，她发出深沉的低吟，话音里含着否认、厌恶和同情——同时朝我看了一眼，从那目光中可以看出，她对自己看不见幽灵的事实，既庆幸又惋惜——这一瞥让我觉得，但凡她能帮得上忙，一定会支持我，即便在当时，这一点也让我为之动容。我当时完全可能需要这样的支持，因为事实已经证明她的眼睛是被蒙蔽的，毫无希望可言，在这样沉重的打击下，我觉得自己的处境分崩离析，好生可怕，我觉得——我看见我的那位面色苍白的前任，正从她所在的位置，逼着我服输，最为严重的是，我在考虑，从此刻开始，我该如何处理弗洛拉那让人震惊的态度。格罗斯太太也立刻激烈地采取了同样的态度，甚至，就在她们透过我颓丧的精神状态得到某种异样而隐秘的胜利时，她突然气喘吁吁地安慰起弗洛拉来。

"她不在那里，小姐，没人在那里——你根本什么也没看见，我的宝贝！怎么可能是可怜的杰塞尔小姐呢——可怜的杰塞尔小姐已经死了，埋了。我们都知道，难道不是吗，亲爱的？"她结结巴巴地对着孩子倾诉着："那就是一个误会，一点担忧，一个笑话罢了——我们尽快回家去吧！"

听到这话，我们的小伙伴飞快地做出反应，露出一种奇怪的一本正经的神情，格罗斯太太站起身，看起来，她们俩再度结盟，满怀痛苦地跟我对着干。弗洛拉继续戴着她那副饱含谴责之意的"面具"盯着我——我向上帝祈祷，恳求他原谅我看见了这一幕，甚至就在我祈祷的时候，她还站在那里，手紧紧拽着格罗斯太太的衣裙，她那无与伦比的稚气未脱的美丽突然就衰败了，几乎消匿于无形。我已经说过——她的的确确有股子邪门的狠劲；她的美貌已经变得平平常常，近乎丑陋。"我不知道你是什么意思。我什么人都没看见。我什么东西都没看见。我从来都没见过。我觉得你好冷酷。我不喜欢你！"说完这通惟有那种在大街上粗俗无礼的小姑娘才说得出来的话以后，她把格罗斯太太搂得更紧了，小脸埋进她的裙子里。就在那个位置，她发出一声近乎狂怒的哀嚎，"把我带走，把我带走——哦，把我从她身边带走!"

"离开我?"我喘着粗气。

"离开你——离开你!"她哭喊着。

就连格罗斯太太也只能黯然神伤地看着我;我无计可施,只能再一次跟对岸的鬼影交流,它一动不动,僵硬而平静,好像隔着一面湖听见了我们说的话,她栩栩如生地待在那里,是为了降祸于我,而不是为我所用的。听这可怜的孩子说话的口气,那每一个小小的、伤人的字眼都像是她从外面的什么地方听来的,所以,面对被迫接受这一切的局面,我满怀绝望,只能冲着她摇摇头。"如果说我以前曾经怀疑过的话,那么现在,我所有的怀疑都烟消云散了。我一直都与悲惨的真相同在,现在它已经把我团团围住了。毫无疑问,我已经失去了你:我已经插手干预过了,而你,在她的指挥之下,找到了"——我一边说一边再次面向池塘对岸,看看我们那位来自地狱的证人——"找到了最容易也最完美的办法来对付我。我已经竭尽所能,可我还是失去了你。再见。"对于格罗斯太太,我用近乎狂乱的口气下了命令,"走,走!"而在我说这话之前,她已经痛苦不堪,却还是默默地搂着小女孩,她确信,尽管自己什么也看不见,但一定有什么可怕的事情发生了,某种分崩离析的局面正在席卷着我们,于是她顺着我们的来时路,尽快逃走了。

此时只留下我一个人,对于之后发生的第一件事,我已经全然忘却。我只知道,可能在一刻钟之后,一阵难闻、潮湿且涩滞的气味袭来,冻结、刺透了我的烦恼,我顿时明白过来,刚才一定是被狂乱的悲伤压倒,猛地脸朝下趴在了地上。我肯定在那里躺了很久,痛哭着,抽泣着,因为当我抬起头来时,天几乎已经黑了。我站起身,透过暮色,注视着灰色的池塘以及它那空旷的、时有幽灵出没的边沿,然后我打道回府,走上了凄凉而艰难的回头路。走到那道栅栏门口时,我惊讶地发现,船已经不见了,这样一来,我对于弗洛拉不同凡响的掌控局面的能力,又有了新的认识。她跟格罗斯太太一起度过了那个夜晚,她们的安排极尽缄默——我还得加上"极尽愉悦",如果这个词用在这里不是显得像个异常古怪的错音的话。回来以后,她们俩我都没有看到,但聊以宽慰的是,我常常看到迈尔斯。我看见——我真没法用别的词儿了——他的次数是如此之多,甚至好像比以往任何时候都更多。在此之前,我还从来没在布莱庄园度过如此不祥的夜晚;尽管如此——尽管更深切的恐惧已经在我脚下张

螺丝在拧紧 | 167

开——当实在的感觉渐渐隐没时,四周充盈着一种异常甜美的忧伤。刚到宅子门口时,我甚至没有急着找那个男孩;我径直走进自己的房间换掉衣服,只消扫一眼,我就看到了很多弗洛拉要跟我决裂的物证。她那些小小的物件都已经给搬走了。后来,在教室里的炉火旁,平日里打杂的那个女仆来给我斟茶,关于我另一个学生的情况,我什么都没问,倒也舒心自在。现在他可以享受他的自由——他这辈子可以自由到底!好吧,他也确实享受着自由;其中之一——至少部分如此——便是他八点来,坐在我身边,一言不发。女仆来收走茶具时,我吹灭蜡烛,将椅子拉近炉火:我感觉到漫长而无涯的寒冷,就好像我永远也不可能再暖过来似的。当他出现时,我正若有所思地坐在火光中。他在门口稍停片刻,好像在看我;接着——仿佛为了分担我的心事——他来到壁炉的另一边,身子埋进椅子。我们坐在那里,万籁俱寂;然而,我觉得,他想跟我在一起。

她的美貌已经变得平平常常,近乎丑陋

第二十一章

还没等新的一天完全破晓,在我的房间里,我一睁眼就看见了格罗斯太太,她把更糟糕的消息带到了我的床边。弗洛拉显然发了烧,也许大病将至;她昨晚过得很不安稳,整晚狂躁,让她最为恐惧的原因,根本就不是她以前的家庭教师,而完全是现任的家庭教师。她反抗的并不是杰塞尔小姐重新闯入此地的可能性——显然,她激烈反对的,恰恰是我靠近她。我立刻站起身,我本来就有一大堆话要问,现在就更多了,因为看得出来,我的朋友为了能再次面对我已经鼓足了勇气。这一点是在我刚刚问她究竟我和孩子之间谁更真诚时,突然感觉到的。"她是不是向你一口咬定,她什么都没看见,从来都没看见过?"

她真的烦恼透了。"啊,小姐,这可不是一件我能拼命追问她的事情。而且,我得说,似乎我也觉得这样问没有多大的必要。这事儿已经让她,身上每一寸,都显得老了许多。"

"哦,站在这里,我绝对能看透她。她就跟那些高高在上的小名人一模一样,讨厌别人指责她不够诚实,或者在某种程度上有损她的尊严。'真的是杰塞尔小姐——是她!'哦,她也算'有尊严'的,这个傲慢的小姑娘!我向你保证,昨天在那里,她给我的印象是最让我诧异的;比其他感觉要强烈得多。我的确是说错话了!她再也不会跟我讲话了。"

尽管这一切既可怕又费解,我的话还是让格罗斯太太马上陷入了沉默;接着,她坦率地认同了我的看法,不过我敢肯定,在她的坦率背后还藏着更多的内容。"我想确实如此,小姐,她再也不会跟你讲话了。她的态度确实很鲜明。"

"而这种态度"——我总结道——"实际上就是她现在的病根。"

哦,这种态度,我在格罗斯太太的脸上就看得出来,除此之外别无他物!"她每隔三分钟就要问我你会不会进来。"

"我明白——我明白。"就我这边而言,要弄明白这一点实在是轻而易举。"从昨天起,她有没有跟你说过——除了否认她跟那么可怕的东西有什么亲密关系之外——关于杰塞尔小姐,她说过一点什么吗?"

"只字未提,小姐。当然,你知道,"我的朋友加了一句,"在湖边的时候,我是相信她的,至少在当时当地,那里确实没有什么人。"

"可不!所以,顺理成章,你到现在还相信她。"

"我不能反驳她。要不然我还能怎么办?"

"根本就没办法!你是在跟一个聪明绝顶的小孩打交道。他们——我是说他们那两个朋友——把孩子塑造得比自然状态下更聪明;因为这正是可以大展身手的良材美质啊!弗洛拉现在已经满腹怨气,她会顽固到底的。"

"是的,小姐;不过到什么'底'呢?"

"哎呀,就是要他伯父处置我呗。她会让他把我看成最下贱的人——"

这一幕好戏仿佛就在格罗斯太太脸上上演似的,我不由往回缩了缩;她看了好一会儿,就好像她清清楚楚地看到他们在一起的情形。"他对你印象不错呀!"

"他证明这一点的方式倒是很古怪——我现在才理解!"我笑道,"不过这无关紧要。毫无疑问,弗洛拉想把我赶走。"

我的伙伴勇敢地附和道,"她连看也不想再看你一眼啦。"

"那么你现在来找我,"我问道,"是为了让我快点上路?"不过,还没等她来得及回答,我就让她打住了。"我有个更好的主意——这是我深思熟虑的结果。我如果一走了之,看起来没什么错,礼拜天我差点就走成了。可是这样做不管用。必须走的是你。你一定要把弗洛拉带走。"

听到这话,我的伙伴确实沉思起来。"可是到底哪里——"

"离开这里。离开他们。离开,甚至最重要的就是应该马上离开我。直接去找她伯父。"

"只是为了去告你的状吗——?"

"不是,并不'只是'为了这个!除此之外,还为了把我留下来,让我想法子补救。"

她还是一头雾水。"你凭着什么法子补救呢?"

"首先就是凭着你的忠诚。然后得凭着迈尔斯的忠诚。"

她紧紧盯着我。"你觉得他——?"

"你是说如果他有机会,难道不会攻击我吗?对,我这么想还是在冒险。可无论如何我也想试试。尽快把他妹妹带走,把我留下来跟他待在一起。"到现在我还能有这样的精神头,这一点也很让我惊讶,因此,看到她面对这样的好榜样仍然犹疑不定,就愈发有些窘迫了。"当然,有一件事,"我继续说,"在她走之前,他们不准见面,三秒钟也不可以。"接着,我想到,尽管弗洛拉从池塘回来以后有可能被隔离,但也可能我这话还是晚说了一步。"你的意思是,"我急切地问道,"他们已经见过了?"

一听这话,她的脸就红了。"啊,小姐,我可没有这么傻!有三四回,我不得不离开她,每回我都派一个仆人陪着她,眼下,尽管她一个人待着,可房门紧锁。不过——不过!"事情太多了。

"不过什么?"

"呃,你对那位小绅士就那么有把握吗?"

"除了你,我对什么事都没把握。然而,自从昨晚以后,我又有了一点儿新希望。我觉得他想给我一个机会。我确实相信这一点——这漂亮的孩子,小可怜见儿的!——他想说话。昨天晚上,在炉火边,他一言不发,在我身边坐了两个小时,就好像有什么呼之欲出似的。"

格罗斯太太透过窗户紧盯着灰色的阴云密布的天空。"那说出来了么?"

"没有,尽管我等啊等啊,可我还是得承认没有水落石出,沉默始终没有给打破,他明里暗里没有丝毫提及他妹妹的情况,也没说起她怎么会不在这里,临了我们吻别,互道晚安。反正,"我继续说,"即便她伯父见到了她,我也不会赞同在我给这男孩更多时间之前,就让他们俩见面的——这主要是因为事情已经坏到这种地步了。"

我的朋友似乎在这个问题上显得更不情愿,这一点让我很是费解。"你说再多给一点时间,是什么意思?"

"呃,一两天吧——其实就是为了把真相给套出来。然后他就会站在我这边啦——你明白这事儿有多重要。即便什么真相都没套出来,我也只不过徒劳无功而已,再不济,你毕竟跑到城里把你觉得有可能做的事儿办成了,那也等于帮了我一把。"我把整个局面往她眼前一摊,可她还在为别的问题患得患失,于是我又帮了她一把。"说真的,除非,"

我一锤定音,"你其实不想走。"

我能看出,她脸上的表情终于明朗起来;她向我伸出一只手以示承诺。"我要走——我要走。我今天上午就走。"

我希望能处置得通情达理。"如果你还想再等一等,我会设法让她看不见我的。"

"不,不;这地方本身也有问题。她一定得离开。"她那双显得颇为滞重的眼睛盯着我看了一会儿,才把其余的话说出来。"你的主意是对的。我自己,小姐——"

"怎么?"

"我待不下去了。"

她说这话时看着我,那眼神让我一下子想到了各种可能性。"你是说,自打昨天以后,你已经看见了——"

她庄严地摇摇头。"我已经听见——"

"听见?"

"从那个孩子那里——听到了教人惊恐的词儿!就是那样!"她悲哀而又如释重负地叹了口气。"以我的名誉发誓,小姐,她说的事情——!"可是话才起个头,她就崩溃了;她突然哭倒在沙发上,然后就像我先前看到的那样,她彻底被痛苦淹没了。

我任凭自己流露出截然不同的态度来。"哦，感谢上帝！"

一听这话，她又猛地跳起来，呜咽着擦干眼泪。"'感谢上帝'？"

"这样就证明我没错！"

"确实如此，小姐！"

我不可能指望比这更强烈的口吻了，不过我还是等了一下。"她很可怕？"

我看到我的同事几乎不知如何措辞了。"真的很吓人。"

"而且关于我？"

"是关于你，小姐——如果你非要知道的话。对于一个小淑女而言，这么说可真是比什么都可怕；我没法儿想象她究竟是在哪里学来的——"

"你是说她用骇人听闻的词儿说我坏话吗？那么，我就能想象了！"我笑着插了一句，笑声显然意味深长。

我这么说只是让我的朋友愈发严肃。"好吧，也许我也应该——因为我以前就听过类似的话！可我还是受不了，"这个可怜的女人一边往下说，一边瞥了眼搁在我梳妆台上的手表。"可是我非得回去不可了。"

我还是拦住了她。"啊,如果你受不了的话——!"

"你是说,那我怎么还能跟她住一起?呃,就为了一点:把她带走。离得远远的,"她又追了一句,"离他们远远的——"

"也许她不一样?也许她会自由?"我几乎有些开心地抓住她。"那么,尽管昨天是那样的情形,你还是相信——"

"相信会有这样的事情?"她这样语焉不详,再看看她的表情,委实没有再追问下去的必要了,不过她还是完完整整地说出了之前从未说过的话。"我相信。"

是啊,这可以算是喜事一桩了,我们仍然肩并着肩:只要我能继续对这一点确信无疑,那么对于别的事情,我也就无须介怀了。大难当前我需要支持,正如当初刚来时需要自信一样,如果我的朋友能担保我诚实可靠,那我就能担当其他一切责任。然而,离开她的那一刻,我还是有点儿尴尬,"当然,有件事——我突然想到的——你可要记得。我的那封警示东家的信,会赶在你之前寄到城里的。"

此时,我愈发感觉到她刚才一直在旁敲侧击,现在终于对此厌倦不堪。"你的信不会寄到的。你的信根本就没寄出去。"

"出了什么事?"

"天知道!迈尔斯少爷——"

"你是说他拿走了?"我倒吸一口气。

她犹疑不定,不过终究还是战胜了自己的不情愿。"我是说,我昨天看见——就在我跟弗洛拉小姐一起回来的时候——信不见了,不在你原来撂下它的地方。后来,晚上,我找到机会问卢克,他宣称他既没看到也没碰过那封信。"说到这里,我们只能愈发深沉地心照不宣,直到格罗斯太太首先打破僵局,她几乎有点得意地来了一句:"你看出来了吧!"

"对,我看出来了,如果信是迈尔斯拿走的,那他可能会把信看完以后就毁掉。"

"你就没看出点别的?"

我面对着她,惨然一笑,停了一会。"我突然发觉,这一回,你的眼睛比我睁得还要大。"

事情确乎如此,可是想到这一点已为人所知,她还是作势要脸红。"我现在才弄明白,他在学校里一定是做了什么样的事。"凭着她那种简单直白、一针见血的路数,她几乎带着古怪的绝望点了点头。"他偷东西!"

我思忖片刻——我想尽力公正一些。"好吧——也许。"

看她的表情,似乎我的平静很出乎她的意料。"他偷信。"

她不可能知道我平静的原因归根到底并不深奥;于是我尽力卖弄了一番。"我希望他以前干这事时比这回更有意义!不管怎么说,那张我昨天搁在桌上的条子,"我继续说,"实在不会让他有多大收获——那不过是请求见个面罢了——他干了那么离谱的事却近乎一无所得,想必已经羞愧难当,昨晚他的心事一定是有没有必要承认错误。"刹那间,我自以为仿佛抓住了全局,看透了一切。"离开我们吧,离开我们"——我已经在门口催促她了。"我会让他说出来的。他会来见我——他会承认。只要他承认,他就得救了。如果他得救了——"

"那你也得救了?"说到这里,这可爱的女人亲了我一下,于是我跟她道了别。"即便没有他我也要救你!"她一边走一边喊。

第二十二章

然而,直到她离开之后——她一走我就想念她了——大难才真正到来。如果说我先前期待过跟迈尔斯单独待在一起也许会带来什么好处的话,那么我很快就感觉到,这至少会逼我拿出点对策来。实际上,当我下楼听说那辆载着格罗斯太太和我那个最小的学生的马车已经驶出大门时,种种焦虑便袭上心头,在这里待了那么久,再没有比这更难熬的时刻了。我对自己说,现在我是要跟那些幽魂短兵相接了,在那天剩下的大部分时间里,我一边在跟自己的软弱抗争,一边意识到自己真是莽撞透顶。此地比起当初我尚能转圜腾挪时,显得更为局促;尤其是,这回我第一次从别人的脸上看到了面对危机时惊慌失措的表情。很自然,出了这么多事情,他们都目瞪口呆;关于我那位同事的突然出走,我们只靠信口胡说,压根解释不出所以然。男女仆从都是一脸茫然；看到他们这样，我愈发紧张，直到后来，我觉得有必要把它转化成一种对我有利的因素。简而言之，就是要紧紧抓住舵轮，我的船才不会沉；我敢说，为了振作起来撑到底，那天上午我显得庄严肃穆、冷面无情。我欣然意识到自己承担着许多责任，我也刻意让大家知道，他们尽可以仰仗我的一己之力，我的意志是相当坚定的。在接下来的一两个小时里，我就怀着这样的心情四处闲逛，我看起来——毫无疑问——已经做好了迎接任何攻击的准备。因此，为了那些与此事脱不开干系的人，我揣着一颗忐忑的心四处巡视。

午餐时分，那个看起来最置身于事外的人，反倒是小迈尔斯。我刚才四处巡视时根本就没瞥见他一眼，不过，鉴于昨天他为了掩护弗洛拉，故意用弹钢琴来欺骗我、愚弄我，我们之间的关系所发生的变化已经广为人知了。当然，之所以会公开得如此醒目，完全是因为她先是被隔离、接着又离开，而这种变化本身则是通过我们没有遵照以往课堂上的那些规矩而昭告天下的。就在我一路走过去打开他的房门时，他已经不见了，后来我在楼下得知，他已经当着几个女仆的面，跟格罗斯太太和他妹妹一起吃过早饭了。接着他出了门，据他自己说是为了去散散步；我想，再也没有比这个举动，更能表达出他对我的职责的突然变化所持的坦率看法了。现在他能容许这份职责的范围扩大到何种程度，这个问题还有待解决；至少，既然有一件事无须再装模作样，那倒是有一种古怪的解脱感油然而生——我是说，尤其是对我本人而言。如果说有好多问题已经呼之欲出，那么我这么说绝不算夸大其词： 也许最最呼之欲出的问题是，我们到现在还在虚构事实，弄得好像我还有什么东西可以教他似的，这一点真是荒唐。凭借着那些比我本人还精通的狡黠的小花招，他始终将我的面子照顾得颇为周全，为了够得上他的真实水平，我备受压力，只能恳请他允许我放慢一点，这一点实在是够显眼的了。无论如何，他现在终究是自由了；我再也不会去碰这事了；而且，正如我详细描述过的那样，昨天晚上当他走进教室来跟我作伴时，关于之前刚刚结束的那段插曲，我既没有挑起话题，也没有丝毫暗示。从那一刻起，我脑海中浮现过太多别的念头。然而，等他终于到来时，我从这漂亮的小人儿身上，看不出一丁点此前发生的事情落下的污渍或者阴影，他让我赫然意识到，将我那些想法、那些积压的问题提出来，是有多么困难。

为了向阖府上下彰显我营造的高贵格调，我下令将自己跟男孩一起进餐的地点，安排在楼下；因此，我在那个尽管奢华却显得有点沉闷的房间里等他。记得来到此地之后的第一个恐怖的周日，正是在这个房间的窗外，格罗斯太太告诉我的秘密，在我心头闪过一道很难称之为"光"的东西。此时此地，我又感觉到——因为这样的感受我已经一而再再而三了——我的心态能不能保持平衡，取决于我的意志是否坚决，我必须尽可能紧闭双眼，才能无视这个事实：我被迫应对之物，实属忤逆天伦，想来几近作呕。为了好歹能挨过去，我只能将"天伦"藏在我的自信和言辞中，只能把我经受的这场折磨看成向前推进，通往一个非同寻常、当然也让人难受的方向，但这样做毕竟是在追求一个美好的前景，只是在世俗的人类美德上再拧紧一圈螺丝而已。话说回来，没有什么尝试，会比这一次更需要使出种种手段，从而让自己承载起所有的天道伦常。对于已经发生的事情，我该怎样才能在讳莫如深的氛围中提到哪怕一点点呢？另一方面，我该怎样才能既对此有所提及，又保证不让自己一头扎进邪恶而昏暗的一片混沌中呢？还好，没过多久，我就想到了一个答案，而且，当我明明白白地看到，我那位小伙伴身上出现了种种平时少见的特别活泼的景象时，这个答案就愈发得到了佐证。的确，即便是现在，他似乎也能找到——就跟他经常在课堂上的做法相仿——其他体贴入微的办法，让我安心。当我们独处时，难道不曾闪现过光芒，这光芒难道不曾爆发出某种华美的、迄今从未消逝的火花？——这光芒基于如下事实（那珍贵的、向他施以援手的机会已经来临）：像他这样天赋异禀的孩子，单单凭着过人的智慧，就会竭力争取这份援助，如果说他反而要自绝于此，那不是滑天下之大稽吗？上天赐予他这份智慧，不就是为了拯救他吗？可是，如果试图触碰他的心灵，会不会同时也有生硬伤害他性情的风险？当我们在餐厅中面面相觑时，他好像已经给我指明了方向。桌上摆着烤羊肉，刚才我已经把服侍用餐的仆人都给打发走了。迈尔斯在坐下之前先站了一会儿，双手插在口袋里，看着那一大块肉，似乎正打算就此说两句俏皮话评论一番。不过，就在此时，他突然冲口而出："我说，亲爱的，她真的病得很重？"

"小弗洛拉？不算很糟糕，她马上就会好起来的。伦敦的环境能帮着她恢复健康。布莱庄园已经不适合她了。过来吃羊肉吧。"

他警觉地顺从了我，小心翼翼地把盘子拿到他的座位上，他坐定以后,接着说,"难道突然之间,布莱庄园就不适合她了?"

"不是你想象的那么突然。我早就看出了其中端倪。"

"那么你为什么以前不把她送走呢?"

"什么以前?"

"在她的病重到不适合旅行以前。"

我发觉自己接得飞快。"她的病并没有重到不适合旅行:假若她留在这里不走,倒是有可能会越来越重。就该抓住眼下这个时机。走完这么一趟,她受到的那些坏影响就会烟消云散,"——哦,我干得漂亮!——"彻底消灭。"

"我懂了,我懂了"——在这件事上,迈尔斯也干得漂亮。他埋头吃饭,展示着他那小小的、迷人的"餐桌礼仪",从他回来的那一天起,就完全无须我在这方面多加警示了。无论他被学校开除是出于何种原因,反正不可能是因为吃相难看。他今天的表现一如往常,无可指摘;可是,毫无疑问,他比平时更刻意。显然,他在努力将那些异常情况视为理所当然,而这些情况——既然没有外力可以借助——他原本是觉得颇为费解的;一旦察觉到自己的处境时,他便陷入了静默。我们的午餐吃得飞快——我只是装装样子,然后立马让人把餐具收走。收拾这些东西的时候，迈尔斯又站起来，双手插在小小的口袋里，背对着我——他站着，透过宽阔的窗户往外看，那天，就是透过这扇窗，我看见了那让我悚然而立的景象。我们继续沉默，身边有个女仆——我的思绪天马行空，心血来潮地想，我们俩如此"脉脉不得语"，倒是宛若一对蜜月旅行中的小夫妻，身居小客栈，在侍应生面前羞答答。直到这位"侍应生"离去，他才转过头来。"好吧——就剩下我们俩了！"

第二十三章

"或多或少吧,反正可以这么说。"我想象我的笑容很苍白。"也不完全对。我们不该喜欢这样的局面!"我继续说。

"不喜欢——我想我们不该喜欢。当然啦,还有别人跟我们在一起呢。"

"我们还有别人——我们,确实,还有别人,"我附和道。

"不过,尽管我们还有他们,"他回应道,双手仍然插在口袋里,站在我眼前,"他们不能算很重要,对吧?"

我尽量抓住时机,可我觉得浑身无力。"那取决于你这个'很'字是什么意思!"

"是啊"——他顺着我说——"凡事都要看情况!"可是,话刚出口,他就又转回去面向窗户,迈着他那茫然不安、思虑重重的步子走到窗口。他在那里待了一会儿，额头抵在玻璃上，注视着我熟悉的那些索然无味的灌木丛和十一月里毫无生趣的景象。我总有办法找到点"事儿"做来掩饰紧张的，这一回是沙发。我在沙发上定定神，以往烦恼不堪时我也是反复这么做的——我描述过这样的时刻，通常是因为我发觉有人对孩子们施加了什么影响，而我却被排斥在外，每当此时我总是会按照自己的习惯，做最坏的悬想准备。不过，从那男孩尴尬的背影里，我却提炼出了某种意义，得到了一种异乎寻常的印象——这印象恰恰就是：如今我已经不再被排斥在外了。没过几分钟，这个推论就变得尖锐而强烈，而且与之捆绑在一起的是一种直感：真正被排除在外的人恰恰是他。对他来说，那扇大窗户上的木框和窗格是某种失败的象征。无论如何，我觉得我看出他不是被关在什么里面，就是被关在了什么外面。他的表现令人赞叹，可他心里却并不舒坦：我对此心领神会，不免萌生出希望来。他难道不是在透过这扇有鬼魂出没的窗户，寻找着某些他看不见的东西？——整件事情发展到现在，这难道不是他头一回失手吗？头一回，确实是头一回：我觉得这真是个极好的兆头。这事让他很焦虑，尽管他一直在小心掩饰自己；他已经焦虑了一整天，即便是他刚才坐在桌边，仪态风度一如往常般温柔可人，还是需要穷尽他那点小小的、奇异的天分，方才不至于露出马脚。当他终于回过头来面对我时，就连这种天分几乎也给击垮了。"好吧，我想，布莱好歹还适合我待，这点让我挺高兴的。"

"看来在最近这二十四小时里，你看到的东西要比前一段时间多得多。我希望，"我继续勇敢地说，"你在这里一直都过得很好。"

"哦，是啊，迄今为止我都过得挺好；四处闲逛——跑到几英里之外。我从来都没有如此自由自在过。"

他行事确实有自己的风格，我只能努力跟上他。"呃，你喜欢这样吗？"

他微笑着站在那里；接着，他终于迸出两个字——"你呢？"——在此之前我还从来没有听到过两个字里能包含着如此犀利精确的内容。不过，还没等我来得及应对，他就继续把话往下说，似乎他觉得这样打个岔能缓和目前的气氛。"没什么会比你的处事方式更迷人了，因为，毫无疑问，即便现在我们俩独处，最孤单的那个人还是你。不过我希望，"他加了一句，"你不要特别在意！"

"在意跟你相处？"我问道。"我亲爱的孩子，我该怎么才能不在意呢？尽管我已经放弃了跟你形影不离的奢望——你太遥不可及了——可是至少我乐在其中啊。我待在这里还能有什么别的目的？"

他愈发直接地看着我，脸上的表情更加凝重，我突然觉得以前从来没在他脸上见过这么美的样子。"你留下来就是为了这个？"

"当然。我是作为你的朋友留下来的，既因为我对你怀有浓厚的兴趣，也因为我想看看还能替你做点什么对你更有好处的事情。你不必惊讶。"我的声音抖得厉害，我发觉我压根都控制不住，"你难道不记得吗，那个暴风雨之夜，当我进来坐在你床边时，我是怎么跟你说的？我说为了你，天底下什么事情我都愿意去做，你记得吗？"

"记得，记得！"看得出他越来越紧张，声调需要极力控制；可他比我控制得要成功得多，在气氛这样凝重的时刻还能笑出声来，就好像我们俩都在开心说笑似的。'我想，你那么说只是为了让我替你做点什么吧！"

"有一部分原因是想让你做点事情，"我承认，"可是，你知道，你没有做到。"

"哦,对,"他带着那种最机灵却又最流于表面的热情说,"你是想让我跟你说点事情。"

"没错。说出来吧,坦白说。你脑子里在琢磨点什么,你自己清楚。"

"啊,那你留下来就是为了这个吧?"

他说得兴高采烈,可我还是从中分辨出一丝最微妙的、满含激愤的颤音,哪怕是如此微弱的投降暗号也让我心潮起伏,可我却没法表达出来。这就好比,当我渴望已久的事情终于来临时,却反而把我吓住了。"哦,对——我可以开诚布公。确实是为了这个。"

他过了好久都没有动静,以至于我以为他想反驳我的主观臆断——正是基于这些臆断,我才会如此行事;然而,末了,他却说:"你现在的意思是——在这里交代?"

"不可能有比现在更合适的时间和地点了。"他不安地往四下里看看,我有种罕见的——哦,古怪的——印象,这还是我第一次在他身上看出类似于恐惧的情绪来。他似乎突然怕起我来——这倒提醒了我,的确,也许最好就是让他害怕。不过,一想到必须勉力为之,我就泛起一阵心痛,只觉得要努力装出一副严苛的样子纯属徒劳,紧接着,我听到自己用温柔得近乎古怪的声音说:"你又想出去?"

"可想了!"他勇敢地对我微笑,这动人的小小的勇气配上他那因为痛苦而涨红的脸,显得愈加强烈。他拿起刚才带来的帽子,站在那里将帽子转来转去,看到他这样的动作,我觉得,尽管我眼看着就要抵达目标,却对自己的所作所为有种不合常理的恐惧感。用任何方式做这件事,都是一种暴行,因为,除了将粗鄙与罪孽强加在一个无助的小人儿——正是他,曾经让我发现人与人的交往存在着种种美好的可能性——身上,这种行为还能有什么别的含义?让一个如此优雅的妙人儿陷入彻底陌生、无比窘迫的境地,这样的行为难道不卑劣吗?我想,对于当时不可能看清的处境,如今我已经洞察分明,回想起来,我似乎看见当时我们可怜的双眼在闪烁着异样的火花,那是因为我们预见到了终将来临的痛楚。所以我们战战兢兢、犹犹豫豫地绕着圈子,就像是不敢靠近敌方的战士。可是,我们害怕的正是对方啊!恐惧使得我们又磨蹭了好一会儿,局面悬而未决,彼此毫发无伤。"我会把一切都告诉你的,"迈尔斯说——'我是说,我会把你想知道的事情都告诉你的。你留下来跟我待在一起,我们都会安然无恙,我会告诉你的——我会的。可不是现在。"

"为什么不是现在?"

见我反对,他转过身背对我,再度一声不吭地待在窗口,我们俩之间静得能听见针掉落的声音。接着,他又来到我跟前,带着那种显然预计到外面有人在等着他的神态。"我得去见卢克。"

我没想到他居然堕落到讲出如此粗鄙谎言的地步,他有多么堕落我就有多么丢脸。不过,尽管这很可怕,可他的谎言倒也能让我顺势说出真话来。我若有所思地钩了几针手里的毛线。

"好啊,到卢克那边去吧,我会等着你兑现承诺的。只不过,作为回报,你在离开之前得满足一个微不足道的要求。"

他看起来似乎感觉到自己已经成功地打开了局面,足以应付一番小小的讨价还价了。"微不足道——?"

"对,相对整体而言小到几乎可以忽略不计。告诉我"——哦,我全神贯注于自己的工作,终于不假思索地出了手!——"昨天下午,你是不是,从客厅的桌子上,拿走了,你知道,拿走了我的信?"

第二十四章

我正在捕捉他对这话作何反应,刹那之间,我的注意力却被猛地劈成两半——我也只能这样形容了——起初只是像挨了一闷棍,接着,我直挺挺地跳起来,盲目地抓住他,找到身边,与此同时,我靠住离我最近的家具,本能地按住他,让他背对着窗户。幽灵整个儿出现在我们面前,我已经不得不在这里与他正面交锋了:彼得·昆特映入我的眼帘,如同一名守卫站在牢门之前。接着,我看见他从外面向这边走来,一直走到窗前,然后,我知道他紧贴着玻璃往屋里怒目而视,再次将他那张苍白的、罪孽深重的面孔亮给屋里的人看。眼前发生的这一幕只在我心中勾勒了寥寥数笔,我便立刻拿定了主意;不过我相信,没有哪个不知所措的女人会在这么短的时间里就回过神来,对自己的行为控制自如。我意识到,出现在眼前的幽魂教人惊恐万状,我应该采取的行为是：自己看清并直面眼前的一切，却让男孩浑然不觉。我突发灵感——我想不出还能用什么别的说法来形容它——我觉得我凭着本能就能表现得超然卓绝。这就像是在跟一个魔鬼争夺一个人的灵魂，我将这情势掂量了一番，赫然看见这"人的灵魂"——离我仅一臂之遥，正擎在我颤抖的双手中——那可爱的稚嫩的额头上沁出了露珠般的汗水。这张脸与我的脸靠得如此之近，与那张贴在玻璃上的脸一样惨白，此刻它发出了一个声音，既不轻也不弱，却像是从很远很远的地方飘来，闻得此声，我宛若吸进了一阵芳香。

"对——我拿了信。"

听到这话，我发出一阵欣喜的低吟，我搂住他，将他拉过来靠紧我。我把他揽在胸口，感觉到他小小的身体突然发起烧来，还能听见他小小的心脏的剧烈搏动，我的眼睛一直盯着窗户，看见它一边移动，一边变换姿势。我刚才将它比作一名看守，不过，它缓缓地转着圈子，一时间倒更像是一头困兽在逡巡。不过，此刻我重新鼓起的勇气还不至于大到阻止其闯入的地步，我只能在某种程度上，将激情掩藏起来。与此同时，那张脸又在窗口怒目而视了，这个流氓定定地站着，好像在观察，在等待。我现在相信自己赢得了他，也确信这孩子此时尚且懵然无知,正是这份自信支撑着我讲下去。"你为什么要拿信?"

"想看看你说了我什么。"

"你打开信了?"

"我打开了。"

我把迈尔斯松开了一点儿,此时我的眼睛紧盯着迈尔斯的脸,那股子冷嘲热讽的邪乎劲已经在他脸上荡然无存,于是我看出,焦虑已将他全线击溃。教人惊讶的是,到头来,我居然大功告成,他的知觉被封闭,他与外界的沟通也停了下来:他知道自己面前有东西出现,却不知道那是什么,他更不清楚的是,我的面前也有东西出现,而且我知道这一点。我的目光再次投向窗户,只见天空重现晴朗——全拜我的胜利所赐——鬼魂的影响被消灭,既然如此,那点麻烦带来的痛苦又算得了什么?窗口空空如也。我觉得这是我做的好事,毫无疑问,全都应该归功于我。"你什么也没找到吧!"——我得意洋洋。

他的小脑袋冲着我无比痛楚、思虑重重地摇摇头。"没有。"

"没有,没有!"我几乎开心地嚷起来。

"没有,没有,"他悲伤地附和着。

我吻吻他的额头;额上汗水涔涔。"那么,你是怎么处理这封信的?"

"我烧了。"

"烧了?"此时不追,更待何时?"你在学校里就是这么干的吧?"

哦,瞧这话他是怎么回答的!"在学校?"

"你是不是会拿信?——或者别的东西?"

"别的东西?"此刻他似乎在回想着什么遥远的事情,惟有在极度焦虑中绞尽脑汁,才能想起来。他终究还是想起来了。"你是问我有没有偷?"

我只觉得脸一下红到发根,我不知道,拿这样的问题去盘问一位上等人,是不是会比看着他默认自己确实堕落到了这种程度,显得更为离奇。"你是不是因为这个,所以没法回去呢?"

他惟一的反应,就是在忧郁中略带惊讶。"你知道我没法回去?"

"所有的事儿我都知道。"

听到这话,他向我投来最悠长、最古怪的目光。

"所有？"

"所有。因此，你过去是不是——？"可那个字我再也说不出口了。

迈尔斯却说得出口，轻而易举。"没有。我没偷。"

我脸上的表情一定让他以为我完全相信他；而我的双手——可那纯粹是出于一片柔情啊——却在摇晃着他，好像在追问他，既然根本没有什么玄机，那他何苦要这样折磨我好几个月。"那你在那里干了点什么？"

他茫然而痛苦地扫视着天花板，深吸了两三口气，呼吸似乎有点困难。他就好像站在海底深处，抬起眼睛捕捉微弱的绿光。"好吧——我说了一些事儿。"

"仅此而已？"

"他们觉得这就够了！"

"足以把你赶走？"

说真的，我还从来没见过有哪个"被赶走"的人会像这个小人儿一样，几乎找不出什么词儿来替自己辩解！他似乎在掂量我的问题，但他的态度颇为漠然，近乎绝望。"哦，我想我不该那样。"

"可你是对谁说这些话的呢？"

他显然在费力地回忆,却想不下去——他忘了。"我不知道!"

他几乎在向我微笑,绝望地表示臣服,其实到了这步田地,我已经功德圆满,应该见好就收了。可是我被胜利冲昏了头脑——一叶障目,甚至在当时,这场胜利本该大大拉近他和我的距离,结果却让我们越来越远。"是对所有人都那么说吗?"

"不;只是对——"他气息奄奄地微微摇头。"我不记得他们叫什么名字啦。"

"当时他们有很多人吗?"

"不——只有几个。就是那些我喜欢的人。"

那些他喜欢的人?我的意识似乎并未漂浮到清明澄澈之处,反倒坠入一片愈发黑暗的混沌中,刹那间,出于同情,我突然想到也许他真是无辜的,这念头让我吓了一跳。那一刻,局面深不可测,教人不知所措,因为但凡他真是无辜,那么我到底算什么呢?局面仍在僵持,我却被这个问题折磨得浑身瘫软,不由稍稍松开他一点,于是,他深深地叹了口气,又转过身背对着我;当他的脸又朝向窗户时,我难过地想,这下我再也没办法不让他看见了。"他们有没有把你的话传出去？"过了一会儿，我问道。

他很快就跟我拉开了一段距离，嘴里仍旧在喘着粗气，尽管此时并未怒气冲冲，可他脸上又流露出那种不愿被我囚禁的神态。再一次，像刚才那样，他抬起头看看昏暗的天色，仿佛迄今除了某种无可言喻的焦虑，再没有什么能支撑着他挨过去了。"哦，对啊，"他好歹还是回答了——"他们肯定是把这些话传出去了。传给那些他们喜欢的人，"他加了一句。

不知怎么的，这说法比我预料的要简略；可我琢磨了一会儿。"那么这些话就四处流传——？"

"传到老师那里？哦，对！"他回答得简简单单。"可我不知道他们会说。"

"那些老师？他们没有——他们从来没说过。所以我来问你。"

他那俊俏的发着烧的小脸再度转向我。"对，太坏了。"

"太坏了？"

"我想我有时说的话太坏了。坏到他们没法写信告诉家里。"

想到这样的人居然说出那样的话,我心里百般纠结,哀伤无以名状;我只知道,紧接着,我听见自己用家常语调冲口而出:"胡说八道!"不过,到了下一句,我的口气肯定到了极为严厉的地步。"到底说了什么话?"

我的严厉,其实全是冲着那个对他生杀予夺、置其死地而后快的人;可他却又被这话吓得转过身去,见状,我猛地跳起来,发出一声难以抑制的呐喊,窜过去直接扑住他。因为鬼魂那张苍白的面孔,又贴着玻璃出现了,似乎想制止他认错、不让他回答,他正是那个书写我们厄运的邪恶的作者啊。眼见着胜利化为乌有,又得重回战场,我直犯恶心,晕头晕脑,所以我这样狂乱地一跃而起,后果只能是大大暴露了我的底牌。我看着他从我的动作里窥见端倪,凭着悟性与那鬼魂相会,据我观察,直到现在他还只是在猜测,那扇窗户在他眼前仍然空无一物,所以我任由自己的冲动燃烧起来,把他现在极度沮丧的样子转变成他得到解脱的证据。"再也不行了,不行,不行!"我一边对着那位"客人"尖叫,一边搂紧他。

"她在这里吗?"迈尔斯一边喘着粗气,一边用他那双被蒙蔽的眼睛朝我说话的方向看去。他莫名其妙地用了

"她",我先是一愣,然后喘了一口气,应和他,"是杰塞尔小姐,杰塞尔小姐!"他突然火冒三丈地回敬我。

我目瞪口呆,不过还是弄懂了他为什么会作出这样的推测——这是上次我们对弗洛拉的做法导致的后果,不过这样一来,我倒想让他看看,现在这样,总比当初那种情形好。"这不是杰塞尔小姐!不过就在窗口——就在我们眼前啦。他在那里——这个懦弱可怕的家伙,以后再也别想在这里出现了!"

听到这话,顷刻间,他的脑袋动了一下,就像一只迷惘的狗闻到了某种气味,接着又是好一阵狂乱而微弱的扑搔,像是在争取得到空气和光线,他在我面前,面色苍白,怒火冲天,却又困惑不解,他徒劳地怒视着那边,什么也看不见,而此时此刻,我却感觉到那巨大的、气势逼人的魂魄已经如同一股毒气,弥漫到整个房间。"是他吗?"

我要收齐所有的证据,这决心是如此坚定,所以我一下子变得冷若冰霜,反问他。"你说的'他'指谁?"

"彼得·昆特——你这个魔鬼!"他的脸又冲着整个房间,颤抖着,抽搐着,发出切切哀告。"在哪里?"

那声音至今仍回响在我耳畔,他不仅一锤定音地交出了这个名字，而且对我的忠诚也不啻为一种赞赏。"现在他又有什么要紧呢，我的孩子？——他以后还会有什么要紧吗？你是我的，"我向那畜生开战，"他已经永远永远失去你啦！"接着，为了炫耀我的成果，我对迈尔斯说，"他在那里，那里呀！"

可他已经在浑身抽搐了，他瞪大了眼睛，再次怒目而视，却只能看见安静的天空。幽灵的失败让我如此自豪，却让他备受打击，他发出一声惟有被扔进地狱的人才会发出的嘶吼，我重又抱住他，就像是在他快要倒下时扶住了他。我抓住了他，是的，我抱住了他——可以想象我是如何激情满怀；然而，直到最后那一刻，我才觉察到我抱住的是什么。在这宁静的日子里，我们终于得以独处，而他小小的、流离失所的心脏，已然停止了跳动。

他小小的、流离失所的心脏,已然停止了跳动

译余补记

我对《螺丝在拧紧》的情结，可以追溯到很久以前。亨利·詹姆斯的作品像一副双面镜，同时反射古典与现代的光芒，两者的光线强度不分伯仲。这个特点，集中而鲜明地体现在篇幅不长而内涵深远的中篇《螺丝在拧紧》里。

对这部作品的迷恋，最终似乎惟有通过翻译才能得到"告一段落"的化解。正好上海译文出版社的"亨利·詹姆斯文集"上马，我便主动揽下了翻译这部小说的任务。尽管我知道詹姆斯的文字有多么艰深，但直到上手才知道还是大大低估了难度。我先后读过多个《螺丝在拧紧》的译本，水准或有高低，但各有特色与价值。对于这个特殊的、几乎每句都有多重阐释可能的文本，没有一个译本能提供标准答案——它们更像是构成整张迷宫拼图的一个个碎片，只有放在一起看，才能窥见妙处： 随着时代演进，人们对这部小说内涵的理解——甚至猜想，经过了怎样饶有趣味的变迁。在这里，尤其要感谢陆灏先生拿出了私藏多年、断市已久的版本（《碧庐冤孽》，今日世界出版社一九五六年六月初版），给我这次复译提供了很大帮助。我的频繁翻阅难免造成这个珍贵版本的磨损折旧，但愿我最终拿出的成果能对此有所弥补。

现在这张拼图上终于有了属于我的那一块，惴惴不安的情绪无以言表。在这个译本中，我试图在充分吸收这部作品的相关学术成果的基础上更准确地拿捏詹姆斯的原意。遣词造句时着力铺陈作品独特的氛围，同时力求不简化詹姆斯标志性的长句，不轻易破坏詹姆斯精心设计的障眼法。对于这个嵌套式叙述常常在时态上玩的花样，我花的功夫可能比大多数其他译本都更细致一些。附录中是我以前写过的两篇评论，其中材料或有少量重复，但大体互为补充，放在一起或许可以帮助读者解读——毋宁说，是提供一些解读的蹊径。一千个人有一千种读《螺丝在拧紧》的方法，后面的路靠你自己走下去。

黄昱宁

2014 年 6 月

附录之一　《螺丝》猜想

松开螺丝花费的气力,远比拧紧时要多,如果找不到一把趁手的工具的话。

重读《螺丝在拧紧》(以下简称《螺丝》),我挣扎在抗拒中。总有一种难以言说的情绪在要求我把它放下来。亨利·詹姆斯最厉害的一招,是不惮挥霍曲笔,在一副羸弱无骨的框架里充塞血肉。经络错杂交缠,但要命的是它并不乱——乱即是松,是无章可循,是拆穿戏法的一笑粲然;而缜密就可怖,那种强大的、足以摧毁耐力的逻辑,你能感觉到破解的企图是枉然,但,百转千折,横竖你绕不过它。

【故事】

维多利亚时代。英国埃塞克斯郡的庄园。阴湿的天气和情绪。

女教师的雇主远在伦敦，她只见过他两次。这份工作薪资优厚，惟条件苛刻奇诡：服务对象是雇主的两个双亲早逝的侄儿侄女，十岁的迈尔斯和八岁的弗洛拉。无论主园里发生什么，女教师都无权诉请雇主，也就是说，这是一副压上了肩便卸不下来的担子。

起初一切完满，迈尔斯和弗洛拉聪颖俊美，宛然一双不长翅膀的天使。然而，一封来自迈尔斯学校的暧昧的劝退信，像抽走了积木架构里最敏感的那一根，山雨欲来，周遭的一切热热地在微醺中震颤。照女教师的说法，她在散步的时候看到了鬼。她认定是彼得·昆特，那个传说中曾与庄园里的前任女教师有染且与之双双死于非命的男仆。鬼的面貌愈来愈狰狞，现身愈来愈频繁，渐渐地又牵扯出他情人的影子来，萦回在迈尔斯和弗洛拉身边——要知道，这一双苦命鸳鸯与两个孩子的关系曾亲密得非同寻常。整个庄园只有女教师一个人能感觉到鬼的存在，她坚信，他们是冲着两个孩子来的。

一场静默的战争在女教师与幽灵之间展开。女教师护犊心切，先是草木皆兵，终至歇斯底里。两个孩子不胜其扰，渐渐地露出反骨来，有意无意地要挣脱。绝望一寸寸攫住了女教师的咽喉——终于,凄风苦雨之夜,她、迈尔斯、彼得·昆特正面交锋,女教师以玉石俱焚的勇气"夺回"了迈尔斯;然而,迈尔斯那颗"小小的、流离失所的心脏",已经"停止了跳动"。

【立场】

我试图用一种不入窠臼的口吻来复述这个故事,但文字落到纸上心里便闷闷地生出沮丧来——詹姆斯又在视野所不能及的角落里狡黠地笑了:真的可以没有立场吗?

小说里的叙述者,一共转换了三个层次:最表层的那个"我",在某一次聚会上邂逅道格拉斯,后者宣称有一个压箱底的"骇人听闻"(for dreadfulness)的故事,却又不愿意当场说出来。故事是早就写好了的,锁在一只抽屉里,藏了好多年,须得由他把钥匙寄给仆人,把那手稿取出再寄过来,方能重见天日。两天后,手稿如期而至,由道格拉斯诵读,"仿佛将作者提笔手书的优美声响,径直传到听者的耳畔"。然而,接下来呈现在我们面前的故事并非出自道格拉斯之口,而是"我"根据他在临终前托付的手稿写的笔录。至于那份手稿上的早已作古的叙述者"我",正是亲历骇世奇闻的女教师本人。

接力式的叙事转换，撩拨起读者的胃口还在其次，更紧要的是模糊了故事赖以成立的确定性：谁能保证，那长长的命运锁链里最关键的一环，没有在交接中失落，从而永远地深藏于人物内心的阴霾？无可救药地，我们从一开始就陷入了混沌，咀嚼质疑——解惑——再质疑的惶惑与快感。

【假设】

因特网上。总有人在探究《螺丝》里到底有没有鬼。那是一些赶着写 book review 的学生，或是书还没动过，或是读了一遍不明就里，眼看着明天就是 deadline，只好到网上搬救兵。也总有仗义者不吝赐稿，把自己的心得满满地贴在 BBS 上，文字清新可喜，是拧干了水分排尽了杂质的干货，远比那些云山雾罩的学术文章好读。有个叫 Casey Abell 的，开篇就宣称：关于女教师与幽灵的无休无止的争论，"看来已演化成一系列耐人寻味的派别"。按照她的说法，至少有五种假设：

其一，果真是有鬼的；女教师纯良而勇敢，迈尔斯的死和弗洛拉的病正是幽灵作祟的明证。三十年代，小说刚问世，评论家在这一点上并无多大分歧——何况，詹姆斯自己也说《螺丝》是个不折不扣的鬼故事，并无深意。其二，鬼大约是有，却未必淫邪；女教师算不上疯子，却着实让人生厌；孩子们的遭际至少有一部分得归咎于她——整个儿一个似是而非，听来胸闷。据称，持此论断的代表人物是评论家Leon Edel。其三，故事是故意写得如此暧昧的。作者的立足点在于：真正的恐惧，就是你根本拿不准女教师是正是邪，鬼是真是假，推而广之，世间万物，莫不如此。其四，并没有客观实在的鬼，但女教师还是值得同情的。她是拼尽了所有的力气，以维多利亚的禁欲标准来规范孩子们的言行——问题是，就她本人的见识而言，还没有达到凡事能泰然处之的境界；事关半遮半掩的男女之情，不免又有本能与原则的交战，与其说是保护孩子，不如说是极力否认自己对性的向往，以及由此而生的，深重的罪恶感。在这样的状态下，女教师种种反常之举，乃至歇斯底里，其实都是必然的。其五，与第四点相似，但程度更激烈：鬼根本就不存在，害人的是心魔；女教师是个被极度压抑的性变态者，男主人、假想中的彼得·昆特、小迈尔斯，都是她渴念的对象；昆特与前任女教师的桃色传闻，迈尔斯受昆特引诱从而染上断袖之癖的可能性，都是刺激女教师并使之变态的诱因——且那是一种单向的刺激，无从通过正常的渠道释放出来，积得多了，惟有扭曲、变形；无疑，可怜的迈尔斯，就是她在神经错乱时以爱的名义活活扼死的——像希区柯克的黑白恐怖片。

这第五种解释是典型的弗洛伊德思路，1934年由埃德蒙·威尔逊在《对亨利·詹姆斯的多重阐释》中第一个提出，当时就曾招来不少非议。到了四十年代，威尔逊自己的文章里也有些退缩了，模棱两可的说辞更接近第二种假设。他一度认为，詹姆斯动笔之初确实是想写个鬼故事的，写着写着变了调，直觉引着他的笔跟着人物的命运走，但意识却未必赶得上，以至于不能自圆其说。不料隔了十余年，威尔逊又变了卦，回到第五种假设，从此便抱定"心魔说"不放了。

不管怎么说，在这个故事里，没有鬼的假设，始终要比有鬼的假设恐怖得多。

【迷失】

从头至尾，我们不知道女教师叫什么名字。

其实也无须知道。詹姆斯更愿意让我们注意她的身份，一个浓缩了太多微妙关系、注定容易迷失的角色。家庭女教师在庄园里的地位是悬在半空的，主人眼里的仆从，仆从眼里的半主子。前任女教师与男仆昆特的私情为人所不齿，主要就是因为地位的差异。通常，女教师的经济地位贫寒但学识教养不俗，未必貌美，但至少有青春，对于男主人是无时不在的诱惑，对于孩子是能产生所谓"母亲形象"（mother figure，心理学术语）的人物。她们往往在庄园里虚掷了韶华，把自己代入哥特式小说的浪漫情境里，在潜意识里以为，自己总有当上女主人的那一天；而欲念的支票愈是无从兑现，便愈是尖锐。在《螺丝》中，女教师初入庄园就生出了这样不同寻常的感觉：

"置身于其中，我幻想着自己几乎像是坐在一艘漂流不定的大船上的一小拨乘客一样茫然无措。好吧，我竟然莫名其妙地掌着舵！"

希望"掌舵"的念头最终吞噬了她的理性。詹姆斯刻意地沿着哥特式小说的套路展开故事，却又在暗处写它的幻灭，结构与解构的姿势，都是冷冷的。

【变脸】

第一次"遇上"彼得·昆特，女教师的眼前，最初晃过的本是男主人的影子。她并不讳言自己对他的倾慕和渴望："……如今想来，我已经一丁点也不怕提起，当时在诸如此类的信步闲游中，我会冒出这样的念头：设若倏忽间邂逅某君，倒也正如一则迷人的故事一般迷人啊。(it would be as charming as a charming story suddenly to meet someone，从后文看，这个 someone 指的也是男主人）……"然而，当男主人那张英俊的脸似有若无地浮现在眼前时，女教师却惊得倒吸了两口凉气，因为，她很快发现，"与我四目相交的男人并不是我先前贸然推定的那一位"。

这一刻，詹姆斯的笔绚烂生花，写周遭遽然成了荒郊野外，写秃鼻乌鸦不再聒噪，写那男人仿如框中之画一般清晰确凿，写他"显然对此地毫不见外，散发着某种诡异的无拘无束的气息……不过，有那么一瞬间，我们的面面相觑到了这样一种程度：但凡能缩短距离，我们就会顺理成章地打破沉寂，互相较量一番……"只有一点女教师是拿得准的：

此时,那幻影已不再是她想念的人,也不是她认识的任何人。

为什么幽灵要出现在她心灵最空寂、思绪最迷幻的时刻?为什么他的面容转瞬即变?是他的脸在变,还是女教师内心的自我否定自我压抑掐灭了刚刚闪现的、微暗的火?

【镜像】

第二次撞鬼,是望见窗户外有一个人正朝里向她瞧。"他就是那个人——他就是那个人,而且这回和上次一样,只能看见他腰部以上……他只待了几秒钟——这点时间已经足够让我确信,他也看见并认出了我;可是,那情形就好像我已经盯着他看了好几年,而且一直都认识他似的。"

女教师不知道哪来的勇气,飞身跃出房间,那鬼却消失了。"他要么在那里,要么不在:如果我没看见他,那他就是不在。"她并没有沿原路返回,而是本能地走到窗户旁。她莫名其妙地觉得自己应该站到他曾经站过的位置上去,于是便走过去,把脸凑近窗玻璃,像他那样往屋里瞧。

女管家格罗斯太太正好经过,就像女教师刚才一样,从大厅走进房间。然后是极玄妙的一笔:

"她看见了我,正如先前我看见了我的客人;她像我那样突然刹住脚步,我也弄得她像我刚才那样吓了一跳。她脸色煞白,我不由问自己是否也脸色发白。"

透过镜像(mirror image,詹姆斯在小说《丛林野兽》的结尾也用过相似的手法),某种无声的、没有血迹的恐怖沿着我们的脊柱,爬上来:窥视与被窥视,人与非人,真实与幻象,原本就只有一线之隔,一旦立足点、参照物转换,就可能得出完全相反的结论。詹姆斯是否真的想藉此告诉我们,所谓的幽灵,正是女教师自己?

【象征】

为了佐证女教师的性倒错,评论家在文本里找到了不少耐人玩味的片段。彼得·昆特第一次现身的古堡塔尖,其形状正合西方人说滥了的"阳物崇拜"。而且,女教师心里曾暗暗感叹"然而,我那日思夜想的人儿,好像并不适合在这样高的地方现身",似乎恰恰泄露了内心深处对这种见不得人的潜意识的罪恶感。

而后,女教师陪小弗洛拉在湖边闲坐,恍惚中她那"黑衣、惨白"的前任翩然而至——此时,弗洛拉正"捡起一块小木片,木片上恰巧有个小孔,她显然受此启发,只要将另一根看起来像桅杆的残木戳进去,就能把这玩意做成一条船"。这段描写被认为有巧妙的性隐喻成分,正是这种隐喻,刺激了女教师的幻觉。("我明白她在做什么,这种信念支撑着我,让我很快就觉得自己做好了准备,能面对更多的问题。")

还有,女教师一个人睡在一张"华美的大床"(a large impressive bed)上,第一夜辗转难眠;她喜欢在夜幕中游荡;她疼爱孩子的方式显然是亲热得过了头,亲吻拥抱的频率高得让读者也眼晕……自从《螺丝》问世以来,不知道有多少人在布莱庄园的角落和阴翳里,拾起这样的枝杈和碎片,终于拼接起一幅阡陌纵横的欲望地图来。

【逃避】

男主人是让女教师在心里作下病的罪魁,这一点似无异议。他的英俊富有固然是一个原因,但更让她欲罢不能的是他的神秘而苛刻的要求。他的同样干脆利落的亮相与抽身而退,反倒让女教师在想象中为他镀的光环愈发夺目。

我总在想，所有的他的推卸，究竟意味着什么？按照格罗斯太太的说法，曾经，男主人对庄园里的一切多少是有些纵容的，甚至，彼得·昆特穿他的衣服"沐猴而冠"，亦不以为忤。另外，故事发展到高潮，迈尔斯宣称要写信让叔叔回来，他的语气是充满自信的，仿佛知道，依着叔叔的本性，他一定会站在自己这一边。若果真如此，那么，当初男主人刻意逃避的，究竟是责任，还是自身抵挡不住诱惑而最终"堕落"的可能？

【同谋】

格罗斯太太给人的印象始终是唯唯诺诺、平庸无能，凡事面上总露着怯。然而，詹姆斯在操控全局的过程中，这始终不是一枚可有可无的棋子。对于性的讳莫如深，使她与女教师之间的对话每一个字都像暗号，迟迟疑疑地吐出话来紧接着便咽回半句去，不敢越雷池半步的样子。但细细地品，你听得出有暗暗的亢奋在里面，那种默契让你不寒而栗。

格罗斯太太拒绝做任何决定，但她善于作有意无意的暗示，总是在关键时刻有力地肯定女教师的假设，如一股潜流，直把女教师心里那个隐秘的角落滋养得越发阴湿，渐渐地生出霉菌来。如果真有心魔，那么，我以为，格罗斯太太至少充当了精神上的同谋。

有一种说法是格罗斯太太与女教师之间，有同性恋的嫌疑。她们那些莫名其妙的"脸红"（blush），都是可以拿来当证据的。但我总觉得这样的推测未免有些牵强，比如画人画出了肠子，还多画了两根。

【天机】

"'他没戴帽子。'接着，我在她脸上看出，她从我这句话里捕捉到了一点画面感——这让她陷入更深的沮丧，于是我飞快地补上一笔又一笔。'他头发是红色的，红得很，又密又鬈，一张苍白的长面孔，五官线条笔挺，很好看，八字胡稀疏而古怪，颜色跟头发一样红。不知怎么的，他的眉毛颜色更深，眉形看起来拱得特别厉害，好像能肆意挑动似的。他的眼睛锐利，古怪——怪得很；但是我很清楚，它们其实相当小，而且眼神总是直勾勾的。他有一张阔嘴，嘴唇倒是薄的，除了那点稀疏的八字胡，他的脸刮得挺干净。他给我的感

觉是，他看起来像个戏子。'

……

她显然想让自己镇定下来。'可是他长得算英俊吧？'

这下我明白该怎么帮她了。'英俊极了。'

'穿的是——'

'穿着别人的衣服。衣服很帅气，可不是他自己的。'

骤然间，她喘息着发出赞同的呻吟。'那是东家的！'

我乘胜追击。'那你确实认识他吧？'

她只是支吾了小会儿。'是昆特！'她叫道。"

女教师能说出彼得·昆特的相貌特征，这是"心魔"说最大的疑点：如果她仅仅是幻觉而不是亲眼所见，又怎么能勾勒得如此到位呢？问题是，判定女教师目击之人为彼得·昆特的只有格罗斯太太，那么，谁能担保，昆特在格罗斯太太心目中就没有被妖魔化（事实上，从她们俩口述的"红鬈发，眉形特别弯曲"来看，他确实不太象个真实的人），她的附和就纯然是客观的呢？从其他章节看，女教师与格罗斯太太之间多有心理暗示，彼此似有灵犀。詹姆斯的文风向来是只肯把话说到三分之一的，此处究竟是破绽还是天机，自然无须点破。只是又苦了评论者，煞费气力地猜测女教师是否有可能在撞鬼之前就掌握了彼得·昆特的蛛丝马迹——书里是没提到啊，可是，谁知道呢？

【早熟】

迈尔斯是一个迷人的、奇怪的、可以教人发疯的孩子，至少，我们通过女教师的视角，只能得出这样的结论。面对女教师的步步紧逼，迈尔斯全然不似弗洛拉慌张，反倒有成竹在胸的气势。他是那样善于看穿女教师的心事，每句话都直击女教师的弱点。到后来，女教师与迈尔斯之间的纠葛简直演变成了一场争分夺秒的竞技，以窥视对方的私密、掌握话语的主动权为锦标。这哪里还像一个十一岁的孩子？

迈尔斯无疑是早熟的，如同詹姆斯笔下众多被忽视的孩子。通过对儿童心理的曲径探幽反射混乱虚妄的成人世界，一向是詹氏擅长的题材。无论是《小学生》（*The Pupil*）中的摩根还是《梅西知道的事》（*What Maisie Knew*）中的梅西，都是一样的纤弱、敏感、心事重重。但他们内心的力量又总是不可思议的强大，远远超过躯体和年龄能承受的极限——所以，等待他们的，往往是早夭的命运。

【无辜】

黛波拉·蔻（Deborah Kerr）的象牙色的脸贴在大银幕上，纸一般薄。仿佛被骤然速冻的惊惶映在她的眉睫，深植入观众的内心——有一位看过电影的网友感叹道：最好的恐怖故事乃是恐怖于心灵的。

这是《螺丝》1961年被改编成的电影《无辜者》(The Innocents)。一般认为，这部由杰克·克莱登（Jack Clayton）执导、大作家卡波蒂（Truman Capote）为剧本定稿的电影是根据该小说改编的四个版本中最忠实于原著的。

我没有看过电影（只在网上见到了剧照），无从揣测它会如何"忠实于原著"（真不知道鬼魂以什么样的面目出现或者到底出不出现），但电影的并不忠实的片名却揭示了编导的立场：人耶鬼耶正耶邪耶，悲剧的铸成，是因为被压抑的心灵在欲念中曝光——而不幸卷入其中的人物，都是无辜者。

【盒子】

看到后来，故事究竟是什么已经退居其次，我们更关注的是，故事是如何讲的。

太多的关于《螺丝》的材料，英文的，中文的，正统的，戏说的，摊在我面前，篇幅远远大于原著。然而我还是没有可以说服自己的立场。像一切善于诡辩的写作者那样，我试图以不恰当的模拟来避实就虚：

闭上眼睛，想象一个系酒红色缎带镶紫水晶的大盒子，在暗处也有诱惑散逸出来勾魂摄魄的那种。打开，里面还是盒子，略小，正好嵌进去，图案则更精致玄妙。如是，已经可以想见，再打开也还是盒子，直到最后一个小得不能再小的，盒子。没有期待中的豁然开朗拍拍胸口吁一口长气喊一嗓子"原来如此"。你的全部获得与失落、全部领悟与迷惑，都在打开盒子的过程中。如此而已。

黄昱宁

写于 2002 年

附录之二 "你们为什么不信鬼?"

有一类小说,合该用一句很不好译的英文来描述: It haunts. (萦回不去? 时时作祟?) 亨利·詹姆斯的《螺丝在拧紧》便是这一系的代表,从形式到内容,由书里至书外,都鬼影憧憧。小说读者与小说人物受到的冲击与困扰几无二致,都是周期发作、连绵不绝,差异只在于程度与后果。小说于1898年问世之后,詹姆斯本人曾接连在给 H·G·威尔斯的信里和再版(收入中短篇集)序言里对这个篇幅不大的中篇做过篇幅不小的自我阐释。问题是,一如他的文论集《小说的艺术》,詹姆斯的阐释总是在抵达湖心亭之前的九曲回廊里打转——实际上,跟着他走,你就别奢望会抵达什么。他不会告诉你这个"鬼故事"的外壳里到底是不是真的藏着鬼或者谁是鬼,只会自始至终地展示华丽悖论: 一边宣称这个故事"纯粹而简单",一边又用他晦涩的修辞暗示,身为作者,他的乐趣在于"拿捏读者对文学与道德的敏感"。不过,总体上,在小说刚刚出版的年代里,即便略感异样,评论家与读者仍然对女教师的第一人称叙述予以全盘采信的态度——尽管身处"后哥特时代",彼时的人们还是乐意习惯性地躲进"头顶三尺有神明"的避风港。家庭女教师以一己之力捍卫古风盎然的庄园,务必使其男女有别、长幼有序、邪魔不可近身,为此不惜付出惨痛代价——为这样的传奇故事一掬同情之泪,终归是教人宽慰的,哭完也不至于辗转难寐。

所以这部小说真正开始形成 It haunts 的规模效应,其实是迟至上世纪四十年代的事。一般认为,埃德蒙·威尔逊在 1934 年发表的那篇著名的论文《对亨利·詹姆斯的多重阐释》第一个揭开了魔匣,某种程度上,有关《螺丝在拧紧》的争议史和改编史皆发轫于此。威尔逊本人对这部小说的兴趣终身不减,因而发言特别谨慎,几乎每隔十几年就对自己的论点做一番检讨和修正,一度甚至有全盘推翻的打算,直到最后才折返原点,强调他在《阐释》一文中的说法是他对这部小说创作初衷的最终裁定。威尔逊第一个明确指出,家庭女教师其实是个被极度压抑的性变态、慕男狂,男主人、被她的假想所夸大的彼得·昆特的幻象、小迈尔斯，都可视为她渴念的对象。以保护的名义，她最终在神经极度错乱时活活扼死了小迈尔斯。如果说一定要在这故事里找出"鬼"来，那兴风作浪的就是女教师的"心魔"。

对于《螺丝在拧紧》的改编者而言，"心魔说"既提供了空前强烈的灵感刺激，也为他们设置了很难逾越的障碍。有案可查的《螺丝》改编史从《阐释》一文发表后六年开始，几乎在同一段时间里接连出现一出舞台剧（1954），一部不到一小时的电视电影（1959，英格丽·褒曼主演），以及那部彪炳影史（尤其是恐怖片）的《无辜者》（The Innocents，1961）。在密歇根大学的电影专业的教材里，《无辜者》是用来阐明导演如何处理"视角"（point of view）的范本。对于导演杰克·克莱登而言，他既不想被女教师的主观叙事牵着鼻子走，又对威尔逊的激进阐释将信将疑。按照教材的说法，克莱登的野心是，让这部电影同时适用于两种视角，让它的每一个细节，都能"在不同的光束的照耀下，焕发出新的意义"。

秉承如斯主旨，电影一开始就能看到两种视角"轮值"的局面：字幕刚刚滚动起来，女教师的剪影便开始向观众泣诉:"我的所作所为只是为了拯救孩子们,而不是要摧毁他们……我对他们的爱超越一切……"而字幕一滚完,第一个镜头就直接切入男主人面试女教师的现场,他微笑着向她开门见山,"我是个自私的人。"随即,我们听到导演迫不及待地通过男主人之口(这段台词是詹姆斯未曾写过也绝对不会写的),一语双关地告诫观众不要轻信刚才听到的一面之词:"我能问你个私人问题吗?你有想象力吗?……很少有人能真正窥破真相,除非是那种想象力极为丰富的人……"两种视角在开局就仿佛打成平手,昭示了导演力求"平衡"的初衷。难怪有影评人认为,《无辜者》是一个圆环形结构,它的开头也就是结尾。

故事向前推进,向结尾,抑或是开头飞奔。与小说的暧昧态度相比,克莱登刻意在两种视角上同时用力,结果是,暧昧的程度基本维持不变,但强度大大增加。一方面,小说里原本不知其名的女教师有了自己的代号——吉登斯小姐,而关于"庄园魅影"的细节也被添枝加叶,那一对死得不明不白的仆人——彼得·昆特和杰塞尔小姐(前任女家教)的故事被描摹得有鼻子有眼,格罗斯太太甚至明确交代了他们"勾搭成奸"的来龙去脉——这一点与原作中的欲言又止完全不同；电影中精心设计了音乐盒里的旧照片、小弗洛拉口中哼的古怪调子（与音乐盒中的旋律完全相同），诸如此类，似乎都在为那笔阴魂不散的风流孽债提供佐证；另外，小说里只含糊说到杰塞尔小姐在离开庄园以后神秘去世，而到了电影里，杰塞尔被安排投湖自尽——没错，就是那片吉登斯小姐声称看到女鬼出没的湖，相应地，昆特的死亡地点就给坐实到落地窗边——也是在那里，吉登斯小姐第一次清清楚楚地看到了"昆特"的脸。

事实上，这部电影几乎用足了庄园中一切具有反射性的光滑表面。水，玻璃，镜子，一律特写其或对称或扭曲的镜像，始终呈现着某种离奇、失真、话里有话的效果，好像在提醒你，事情永远有另一面——这正是克莱登在反向用力的结果。他在为"鬼魂"提供"现实依据"的同时，又似乎在调动各种具有强烈隐喻性的镜头去瓦解它。于是，我们看到，吉登斯小姐刚在一瓶白玫瑰（白玫瑰亦是这部电影中特有的诡异意象，细心的观众会记得开场时男主人胸口也别着一朵）跟前站定，几乎手都没来得及触碰，花瓣便应声落到桌上，好事的影评人多半会把这个细节看成女教师"无意识摧毁弱小"的象征。吉登斯小姐对于性暗示、色情想象的反应颇为夸张，电影对这一点的展示远比小说更直接，这当然可以算是对威尔逊理论的呼应。

无论如何，黛波拉·蔻真是个好演员，她的层次和节奏为此后所有改编版本中的"女教师"都制定了表演规范，后来者"横竖越不过她的次序去"。在摄影机全知视角的关注下，她阴郁和神经质的底子从天真的外表下一点点渗出来，连面貌也渐渐狰狞起来——这种通过外在审视，让观众的怀疑越来越加深的效果，是小说的第一人称主观叙事无法表达的。不过，无论电影教材上怎样强调这个经典案例达成了"完美的平衡"，我的直观感受却仍然觉得天平两端略有倾斜。毕竟，隐喻和暗示总是不如"有图有真相"那么直接，当我们反复被真切的幽灵面孔刺激时，感情还是会自觉站到女教师这一边。在这一点上，克莱登始终谨慎行事，将分寸拿捏到让我们至少更"愿意"相信女教师的程度。结尾显然是导演向观众意愿做出的最大妥协：摄像机俯视着女教师和小迈尔斯，长镜头，不切换。我们看到的是两人争执激烈，但肢体之间却有大片空隙。仿佛只是被类似于空中闪电那样的神秘力量击中，迈尔斯才会颤抖、跌倒，瘫软在女教师怀中……相比之下，小说的那个简洁、有力却教人越想越怕的结局预留下了多少想象空间?!("我抓住了他,是的,我抱住了他——可以想象我是如何激情满怀;然而,直到最后那一刻,我才觉察到我抱住的是什么。在这宁静的日子里,我们终于得以独处,而他小小的、流离失所的心脏,已然停止了跳动……")

《无辜者》大获成功之后,《螺丝在拧紧》顿时就成为上世纪下半叶最热门、最具有改编价值的中篇小说(novella)之一。法国、西班牙、德国和意大利都有了自己的《螺丝》版本,英美更是多次翻拍,改编体裁从影视到话剧到芭蕾舞剧,不一而足。总体而言,改编的幅度都不算剧烈,如果说在掌握分寸上有微妙的变化,那是因为随着时代的演进,这些编导们对观众的理解大越来越有信心。毕竟,二十世纪末的观众早已不复世纪初的单纯,对于弗洛伊德的那一套,他们已经应用得比弗洛伊德本人还娴熟。在这样的语境下,1999年BBC的电视单本剧《螺丝在拧紧》反倒显得太过保守,辛辛苦苦地复制了克莱登版本的外壳而抛却其魂魄。若不是客串男主人一角的科林·弗斯还能略略提神(其实是他的达西范儿让人终于可以从这场闷局中走一会儿神),我绝对没耐心看完。历数上世纪出产的这一大堆"螺丝",最特别的当属1971年的《夜访者》(Nightcomer)。本质上，这是挂着《螺丝在拧紧》的羊头卖自己的狗肉，玩了个所谓"《螺丝》前传"的噱头。彼得·昆特和杰塞尔小姐的"奸情"成了故事的主线，而且只消三招两式，SM模式就昭然若揭——观众甚至对《螺丝》一无所知也能迅速猜到这一点，谁让昆特的扮演者是马龙·白兰度呢？谁让他一出场就让人没法不想到《欲望号街车》里摧枯拉朽的狂野加性感？

时至2009年，BBC新一轮改编名著的计划又想到了这枚旧"螺丝"，挖出来重新打磨。这一版之所以让我印象深刻，不仅因为两位主演是《唐顿庄园》里的熟面孔（Michelle Dockery 和 Dan Stevens），而且编导显然已经厌倦了因袭前例，打定了主意要破一破格。电视剧的时代背景换成了第一次世界大战之后的二十年代，恰好能迎上英式庄园日薄西山的最后一抹夕照。人们的代步工具从马车换成了汽车，在引子部分，安娜（这一版里女教师的名字）倾诉故事的对象也从小说里那位游手好闲的士绅换成了在监狱里替她做精神鉴定的心理医生。"你相信有上帝吗？"医生问。"不，我相信有另外那个。""你是说，魔鬼？""嗯。"

心理医生。这个角色的身份至关重要。这样的安排，从一开始就奠定了剧本的基础：安娜是被警方认定虐杀儿童而收监候审的，精神鉴定只是为了走个形式，为最后将她判处极刑寻找依据，如此才引出安娜的倒叙，由她的主观视角来完成大部分故事的叙述。如此安排，不仅大胆地补上了原著情节上的留白，而且将威尔逊开创的"心魔说"作为不言而喻的前提。编导的潜台词是：经过一个多世纪"上帝已死"和"精神分析"的洗礼，《螺丝在拧紧》里"没有鬼"已经成了主流共识，如今倒是要在承认共识的同时，隐约从反面去刺激这批新世纪的观众才可能构成新鲜的冲击力——即从"真的有鬼吗？"演变为"真的没有鬼吗？"心理医生在电视剧中的职责，就是代替观众去经受这样的拷问。

于是，我们看到，此剧的整个叙事架构简直可以说是将此前所有研究"螺丝"的学术成果一次性打包馈赠，编导将克莱登们犹疑不定的暗示全挑到了明处。小说里不是提过一句女教师的父亲是牧师吗？电视剧据此洋洋洒洒地交代了安娜童年受过深刻的心灵创伤，父亲是"信仰的捍卫者和斗士"，女儿既备受性压抑又在潜意识里亦步亦趋地复制了父亲的卫道偏执，所以后来面对心理医生时她会坦承自己所捍卫的秩序是"男人就该像个男人，女人就该像个女人"。在安娜的主观视角下，庄园里的所有仆从似乎都充满敌意，都藏满一衣橱的骷髅和阴郁故事，甚至还冒出一个宛如"阁楼疯女人"的女佣卡拉，疯疯癫癫地抒发了一通被压抑的愤懑之后就坠楼身亡，如镜像般倒映出安娜紊乱的心理状况……总而言之，在心理医生看来，所有躁郁妄想狂的症状细节一一出现，宛若教科书般清晰可鉴；"性变态"之类的术语轻飘飘地在人物唇齿间传递，一个接一个具象的"春梦"浮现在安娜的枕边——相比之下，无论是詹姆斯还是威尔逊还是克莱登，表达方式都显得那么古典那么笨重，那么如履薄冰，那么吞吞吐吐，他们曾费尽力气在读者和观众心中划开的涟漪、埋下的噩梦，被新时代的剪接节奏嘲笑着，戏弄着，默默地丢盔卸甲。一时间，我有点走神，这是在通过影像展示人们对一部小说的"理解进化史"吗？是在为长达一个世纪的争议盖棺定论吗？进而，一个你无法回避的问题是，坚持"没有鬼"的人类真的比相信"有鬼"的人类更幸福吗？

只是到了电视剧临近尾声时，心理医生才表现出了片刻的脆弱。他目送着安娜即将被送上绞刑架（精神鉴定毫无脱罪的功效，这多半是因为悬殊的阶级差吧），流下惋惜的眼泪；独处时，注视着贴满一墙壁的庄园照片，他的耳边幻听到巨大的封闭空间里回荡的种种或淫邪或悲戚的低语。浮在最表层的是安娜在囚车上发出的正义凛然的怒吼："为什么你们都不相信有鬼——那生生不息的魔鬼？"

黄昱宁

写于 2012 年

图书在版编目(CIP)数据

螺丝在拧紧 / (美) 詹姆斯 (Henry James) 著; 黄昱宁译.
—上海: 上海译文出版社, 2018.1(2022.3重印)
(译文经典)
书名原文: The Turn of the Screw
ISBN 978-7-5327-7650-4

Ⅰ.①螺… Ⅱ.①詹…②黄… Ⅲ.①中篇小说—美
国—近代 Ⅳ.①I712.44

中国版本图书馆 CIP 数据核字(2017)第 280712 号

Henry James
The Turn of the Screw
根据 Penguin Group 1994 年版译出

螺丝在拧紧
〔美〕亨利·詹姆斯 著　黄昱宁 译
责任编辑／宋玲　装帧设计／张志全工作室

上海译文出版社有限公司出版发行
网址: www.yiwen.com.cn
201101　上海市闵行区号景路159弄B座
江阴市机关印刷服务有限公司印刷

开本 787×1092　1/32　印张 8.25　插页 5　字数 97,000
2018 年 1 月第 1 版　2022 年 3 月第 2 次印刷
印数: 5,001—7,000 册

ISBN 978-7-5327-7650-4/I·4690
定价: 56.00 元

本书中文简体字专有出版权归本社独家所有,非经本社同意不得连载、摘编或复制
如有质量问题,请与承印厂质量科联系。T: 0510-86688678

"译文经典"(精装系列)

瓦尔登湖	[美] 梭罗 著	潘庆舲 译
老人与海	[美] 海明威 著	吴劳 译
情人	[法] 玛格丽特·杜拉斯 著	王道乾 译
香水	[德] 聚斯金德 著	李清华 译
死于威尼斯	[德] 托马斯·曼 著	钱鸿嘉 译
爱的教育	[意] 亚米契斯 著	储蕾 译
金蔷薇	[俄] 帕乌斯托夫斯基 著	戴骢 译
动物农场	[英] 乔治·奥威尔 著	荣如德 译
一九八四	[英] 乔治·奥威尔 著	董乐山 译
快乐王子	[英] 王尔德 著	巴金 译
都柏林人	[爱] 乔伊斯 著	王逢振 译
月亮和六便士	[英] 毛姆 著	傅惟慈 译
蝇王	[英] 戈尔丁 著	龚志成 译
了不起的盖茨比	[美] 菲茨杰拉德 著	巫宁坤 等译
罗生门	[日] 芥川龙之介 著	林少华 译
厨房	[日] 吉本芭娜娜 著	李萍 译
看得见风景的房间	[英] E·M·福斯特 著	巫漪云 译
爱的艺术	[美] 弗洛姆 著	李健鸣 译
荒原狼	[德] 赫尔曼·黑塞 著	赵登荣 倪诚恩 译
茵梦湖	[德] 施托姆 著	施种 等译
局外人	[法] 加缪 著	柳鸣九 译
磨坊文札	[法] 都德 著	柳鸣九 译
遗产	[美] 菲利普·罗斯 著	彭伦 译
苏格拉底之死	[古希腊] 柏拉图 著	谢善元 译
自我与本我	[奥] 弗洛伊德 著	林尘 等译
"水仙号"的黑水手	[英] 约瑟夫·康拉德 著	袁家骅 译
变形的陶醉	[奥] 斯台芬·茨威格 著	赵蓉恒 译
马尔特手记	[奥] 里尔克 著	曹元勇 译
棉被	[日] 田山花袋 著	周阅 译
69	[日] 村上龙 著	董方 译
田园交响曲	[法] 纪德 著	李玉民 译
彩画集	[法] 兰波 著	王道乾 译
爱情故事	[美] 埃里奇·西格尔 著	舒心 鄂以迪 译
奥利弗的故事	[美] 埃里奇·西格尔 著	舒心 译
哲学的慰藉	[英] 阿兰·德波顿 著	资中筠 译
捕鼠器	[英] 阿加莎·克里斯蒂 著	黄昱宁 译
权力与荣耀	[英] 格雷厄姆·格林 著	傅惟慈 译
十一种孤独	[美] 理查德·耶茨 著	陈新宇 译

浪子回家集	[法] 纪德 著	卞之琳 译
爱欲与文明	[美] 赫伯特·马尔库塞 著	黄勇 薛民 译
存在主义是一种人道主义	[法] 让-保罗·萨特 著	周煦良 汤永宽 译
海浪	[英] 弗吉尼亚·伍尔夫 著	曹元勇 译
尼克·亚当斯故事集	[美] 海明威 著	陈良廷 等译
垮掉的一代	[美] 杰克·凯鲁亚克 著	金绍禹 译
情人的礼物	[印度] 泰戈尔 著	吴岩 译
旅行的艺术	[英] 阿兰·德波顿 著	南治国 彭俊豪 何世原 译
格拉斯医生	[瑞典] 雅尔玛尔·瑟德尔贝里 著	王晔 译
非理性的人	[美] 威廉·巴雷特 著	段德智 译
论摄影	[美] 苏珊·桑塔格 著	黄灿然 译
白夜	[俄] 陀思妥耶夫斯基 著	荣如德 译
生存哲学	[德] 卡尔·雅斯贝斯 著	王玖兴 译
时代的精神状况	[德] 卡尔·雅斯贝斯 著	王德峰 译
伊甸园	[美] 海明威 著	吴劳 译
人论	[德] 恩斯特·卡西尔 著	甘阳 译
空间的诗学	[法] 加斯东·巴什拉 著	张逸婧 译
爵士时代的故事	[美] F·S·菲茨杰拉德 著	裘因 萧甘 等译
瘟疫年纪事	[英] 丹尼尔·笛福 著	许志强 译
想象	[法] 让-保罗·萨特 著	杜小真 译
论自愿为奴	[法] 艾蒂安·德·拉·波埃西 著	潘培庆 译
人间失格·斜阳	[日] 太宰治 著	竺家荣 译
在西方目光下	[英] 约瑟夫·康拉德 著	赵挺 译
辛德勒名单	[澳] 基尼利 著	冯涛 译
论精神	[法] 雅克·德里达 著	朱刚 译
宽容	[美] 房龙 著	朱振武 付远山 黄珊 译
爱情笔记	[英] 阿兰·德波顿 著	孟丽 译
德国黑啤与百慕大洋葱	[美] 约翰·契弗 著	郭国良 陈睿文 译
常识	[美] 托马斯·潘恩 著	蒋漫 译
欲望号街车	[美] 田纳西·威廉斯 著	冯涛 译
佛罗伦萨之夜	[德] 海涅 著	赵蓉恒 译
时情化忆	[法] 米歇尔·布托 著	冯寿农 译
理想国	[古希腊] 柏拉图 著	谢善元 译
逆流	[法] 于斯曼 著	余中先 译
权力意志与永恒轮回	[德] 尼采 著 [德] 沃尔法 特编	虞龙发 译
人各有异	[美] E·B·怀特 著	贾辉丰 译
三十七度二	[法] 菲利普·迪昂 著	胥弋 译
精神疾病与心理学	[法] 米歇尔·福柯 著	王杨 译
纯真年代	[美] 伊迪丝·华顿 著	吴其尧 译

我们	[俄] 叶甫盖尼·扎米亚京 著　陈超 译
亚当夏娃日记	[美] 马克·吐温 著　周小进 译
为奴十二年	[美] 所罗门·诺萨普 著　蒋漫 译
美丽新世界	[英] 马克·奥尔德斯·赫胥黎 著　陈超 译
斯万的一次爱情	[法] 普鲁斯特 著　沈志明 译
怪谈·奇谭	[日] 小泉八云 著　匡匡 译
名人传	[法] 罗曼·罗兰 著　傅雷 译
西西弗神话	[法] 阿尔贝·加缪 著　沈志明 译
大师和玛格丽特	[俄] 米·布尔加科夫 著　高惠群 译
人的权利	[美] 托马斯·潘恩 著　乐国斌 译
螺丝在拧紧	[美] 亨利·詹姆斯 著　黄昱宁 译